るり姉

目次

第一章　さつき——夏

中学に入学したお祝いに、るり姉《ねえ》は図書カードを一万円分くれた。あたしは、それがとってもうれしくて、るり姉にお礼の手紙を書いた。るり姉が、あたしたちの書いたものやつくったものを大事にとっておいてくれるのを、あたしは昔から知っている。あたしたちっていうのは、あたしと二人の妹のことだ。

それから三年後の今年の春、あたしは高校生になった。るり姉は、今度は三万円分の図書カードを贈ってくれた。現金のほうがよかったんだけど、まさかそんなこと言えないから、あたしはおおげさに喜んでみせた。もちろん、図書カードだって充分にうれしい。

あたしは、またるり姉にお礼の手紙を出した。年をとると、文面がどんどん短くなっちゃうのはなんでだろう、と思いつつ、行間をとって、いかにもおしゃれに演出してみせましたー、っていうふうに書いてみた。

『るり姉へ
　高校生になりました。

　もうすぐうわさの十六歳。

　大人のはんぶんこ。

　子ども以上。

　図書カードありがと。

さつき』

　いかにもるり姉が好きそうに書いてあげた。案の定すぐさま電話がきて、手紙のことを言われた。るり姉ってば、電話かけてきたんじゃ手紙書く意味ないじゃん。

「ありがとう、さつき！　今日、手紙届いたよ。さつきがもう高校生だなんて！　こんなに大きくなっちゃうなんて！　こんなにしゃれた手紙を書くようになっただなんて！　生まれたてのちっぽけな赤ん坊だったたっていうのに！　それがもう高校生だなんて！　あたしとさつきの十年はぜんぜん違うんだね。さみしいね。もう、あたしとは遊んでくれないよね。でも、たまには遊んでね！」

　芝居がかったるり姉の言葉だけど、あたしは思わず頬が緩んでしまう。あたしがちいちゃい頃からいつだって、記憶のどこかに必ず登場する、大人と子どもの中間のひと。それがるり姉。お姉さんじゃなくて、本当は叔母さん。お母さんの妹。

子どもの頃は、お母さんの妹っていう意味がよくわからなかった。るり姉が、お母さんのことを「お姉ちゃん」って呼ぶのが不思議でしょうがなかった。だって、あたしのお母さんは、「お母さん」という名前のついた独立した人であって、姉妹や兄弟がいるっていうのは、子どもだけが持っている特権だと思っていたから。

るり姉はお母さんの四つ年下の妹。お母さんとはあんまり似てない。性格も外見も。

「お姉ちゃん、あたしのピアス知らない？　イルカのやつ。イルカがトルコ石抱えてんの」

ひとつ下のみやこが勢いよくドアを開ける。

「急に入ってくるのやめてよ」

「ねえ、イルカのピアス知らない？」

「知らないよ」

「えー？　知らないのお？　困ったなあ、片方なくしちゃったよ。ユキからもらったやつなのに、やばいよ。どっかにあったら教えて」

そう言って、また慌しくドアを閉めて出て行くと、今度は玄関のドアを開ける音がした。

「ちょっと、どこに行くのよ！」

みやこは「ユキんち」と答えて出てってしまった。ったく、しょうもない。中学生だって、テストもうすぐでしょうに。蒸し暑い梅雨の七月。ちなみにあたしは来週から期末テスト。まったく嫌になる。こうして机の前に座っていたって、ぜんぜんはかどらない。

みやこは、中学生になったと同時にデビューした。小学生まではどちらかというとおとなしいほうだったのに、気が付いたときには髪がまっかっかだった。

「まっくろで、つやつやで、まっすぐで、すっごくきれいだったのに！　日本人形みたいでとても素敵だったのに！　こんな腐った赤キャベツみたいな気持ち悪い色にしちゃうなんて、もったいないったらない。中学生っていうのは、ほんとばかだね」

るり姉は、みやこのまっかっかの縮れた髪を見てそう言った。そのあと、「ほんとばかだね」を、二回付け足して言った。それを聞いたみやこは、なぜだか照れたように笑っていたっけ。

みやこが出かけたから、今うちには、あたしとアニーだけ。アニーっていうのは、うちで飼っているシーズー犬。ちなみに雄。三年前にやってきた。お母さんの知り合いの人がアニーを持て余してて、その頃のあたしたちときたら、なんでもいいから犬を飼いたかった。ほんとはチワワかミニチュアダックスがよかったんだけど、べつにシーズーでも土佐犬でもシベリアンハスキーでも、とにかく犬だったらなんでもよかった。犬を飼うことに反対していたお母さんを無理矢理説得して、絶対にあたしたちで世話をするという条件で飼うことになった。

リビングのほうでガサガサと音がする。またゴミ箱から食べ残しを探しているのかと思うと、うんざりする。食い意地が張ってるアニー。

「アニーってなんでこんなに悲しげなの？　かわいそうで見てられないよ」

って、るり姉はアニーを見るたびに言うけど、ぜんぜん悲しげじゃないし、かわいそうじゃない。かわいそうなのは、後片付けをするこっちのほうだ。テーブルに平気で乗ったりするから、お母さんにいつも叱られている。

あんなに約束したのに、アニーの散歩に行くのは、今となってはみのりだけだ。あたしもみやこもめんどうくさいやら、忙しいやらで、悪いけどアニーのお相手はしていられない。「ほら、みなさい！」ってお母さんは怒る。

みのりっていうのは、末の妹で六年生。三人のなかではいちばんかわいいという噂。噂っていっても、あたしが勝手に思ってるだけだけど。

みのりはまだ学校から帰ってきていない。地域のバレーボールチームに入っていて、毎日ばかみたいに遅くまで練習して、くたくたになって帰ってくる。背だって低いほうだし、運動神経がいいとはとても思えないんだけど、本人はけっこうがんばっている。だから、あたしも一応は応援しているスタンス。やっぱり、妹っていうのもあるけど、誰かが一生懸命にがんばっている姿を見るっていうのは悪くないものだ。それに、そんなにがんばってるうえに、毎朝のアニーの散歩じゃあ、いくらなんでも同情してしまう。

ここはマンションの一階。五年前からここに住んでいる。最上階の十三階なら海が見えるのに、残念だな。お母さんは、小さなあたしたちが、密室となるエレベーターを使うのはとってもデンジャラス！　と考えて、一階に決めたそうだ。お母さんはナースだから毎日忙しいし、夜勤もある。

うんと昔は、お父さんの実家でおじいちゃんとおばあちゃんと一緒に住んでいた。お母さんとお父さんは、あたしが小学校一年の終わりに離婚した。それからいくつかのアパートに住んで、最終的にこのマンションに引っ越してきた。小さなあたしは、もっと小さな妹たちの面倒を見ながら、お母さんが夜勤でいない時間をじっと過ごした。今思うと、なんて健気《けなげ》なんだろう！　って思う。

でも、お母さんが離婚したのは正解だったと思う。お父さんは人間的にあんまりいい人じゃなかったし、お母さんは幸せじゃなかった。毎日ケンカばかりしていて、あたしはしょぼくれていた。お母さんたちがケンカすると、頭がぱんぱんになって破裂しそうだった。

だから、あたしはお父さんがいなくてもぜんぜん平気。これはほんとに。よく、娘はお父さんが恋しいって聞くけど、そんなことない、あたしに限っては。

だけど、みのりはどうだろう？　お父さんがいた頃、みのりはまだあまりにも小さかったから、お父さんの嫌なところも、ほんの少しのよいところも、ぜんぶ丸ごと覚えてなくて、勝手にすてきなお父さんを思い描いて、もしかしたら恋しく思っているかもしれない。

そういうデリケートなことは、いくら姉妹でも簡単に聞けることじゃないから、実際は知らないけど。みやこはどうなんだろう。あいつは、なに考えてるのかさっぱりわからない。


ガガチャッと鍵を開ける音。あの音はお母さんに違いない。

「ただいまあ」

やっぱり、お母さんだ。おかえりなさい、と机の前で言ってみる。

「ちょっと、誰もいないのお？　さつきー、みやこー」

まったく。勉強なんてできやしないんだから。

「いるって。おかえり」

あたしは部屋から顔を出して、家にいることを伝える。

「みやこは？」

お母さん、ズボンのチャックが開いてるってば。でも、いつものことだから言わないでおこう。

「友達んちに行った」

はあー？　と、おおげさに語尾を上げる。

「テストでしょうに」

知らない、そんなこと。

「みのりはまだ？」

「まだ」

大きなため息をついて、お母さんはリビングへなだれ込み、服がたくさん置きっぱなしになっているソファーに横になった。疲れたあ、って言わなくても、こっちで吹き出しをつけてあげたいくらいだ。

「そんなふうに寝てると、またメガネが曲がるよ」

あー、とお母さんはうなったような返事をして、メガネを外した。テーブルに置かれたメガネはつるが曲がってしまっている。早くメガネ屋さんで直せばいいのに。

お母さんは、一週間前、勤務先の病院で患者さんにメガネをひねられた。お母さんが勤めている病院は精神科病院。窓には格子がつけられている。飛び降り防止のためらしい。

お母さんが患者さんの体温を測ろうと体温計を差し出したところ、突然かけてるメガネを外され、ぐいっとねじ曲げられたそうだ。あぶないよね。かわいそうなお母さん。

がんばってるお母さん。

「……さっき電話があってさ」

ソファーに顔を突っ伏しながら言うから、よく聞き取れない。

「えっ、なんか言った？」

もじょもじょとお母さんがひとり言のようにしゃべる。

「なに？　聞こえないってば」

あたしが大声で言うと、お母さんは急に起き上がって、

「るり子が入院したんだって」

とあたしに負けじと大きな声で言って、そのまままたソファーに倒れた。

「えー⁉」

あたしはびっくりして、お母さんに詰め寄った。

「なんでなんで？　るり姉、どうかしたの？　怪我でもしたの？」

「検査入院だって。さっきおばあちゃんから電話あってさ。一週間くらいらしいよ」

ほっと胸をなでおろした。びっくりしたよ、入院だなんて。

「お見舞いとか行くの？」

「検査だからいいでしょ。それにあんたたちテストじゃない。それでいい点取るのがいちばんのお見舞いよ」

などと、お母さんはもっともらしいことを言い、あたしをしらけさせた。るり姉が、テストの点なんて気にするわけないじゃん。あたしが部屋に戻ろうとすると、

「お米研《と》いでくれた？」

と背中にひと言。

「あっ、忘れちゃった。ごめんね」

あたしは極力申し訳なさそうな声で言って、そのままさりげなく部屋に戻った。部屋のドアを閉めるときに、

「ったく。しょうがないわねっ」

というお母さんのぼやきと、アニーの「飯《めし》くれ、ワンワン」が聞こえた。


この前、るり姉に会ったのはゴールデンウィーク。みんなの都合の合う日が一日だけあって、それでイチゴ狩りへ出かけた。

カイカイの八人乗りのラルゴで、伊豆まで繰り出した。もちろん運転手はカイカイで、助手席がるり姉。そのうしろにおばあちゃんとあたしとみのりが乗って、いちばんうしろにみやことお母さんが乗った。

「ちょっと前まではさー、あんたたち三人ともあたしの隣に座りたがって大変だったんだからー。今じゃもう、あたしの隣なんてどうでもいいってわけだねー。さみしいね

ー」

車の席順を見て、るり姉はそんなことを言った。そんなこと言ったって、最初にさっさと助手席に座ったのは、るり姉じゃん。

それでもやっぱり、るり姉にそんなふうに言われると、るり姉の隣は特別な場所のような気がして、自然と近くに行きたくなってしまう自分がいる。

カイカイはるり姉の旦那さんだ。るり姉が「カイ」と呼ぶのを聞いて、あたしたちは「カイカイ」と呼ぶことにした。おばあちゃんやお母さんには叱られるけど、るり姉はうれしそうだ。カイカイも当たり前のように返事をしてくれる。カイカイの本当の名前は、「開人《かいと》」だ。

カイカイとるり姉は、あたしが中一のときに結婚した。今から三年前。図書カードを一万円分もらった年。

その何年か前までは、るり姉には「まあくん」がいた。あたしたちは「まあ兄《にい》」と呼んでいた。るり姉とまあ兄は、あたしたち三人をどこにでも連れて行ってくれた。るり姉とまあ兄の結婚披露宴のことは少しだけ覚えてる。あたしたち三人は、おもちゃみたいなドレスを着せられて、新郎新婦に花束を渡した。あたしが物心ついた頃には、るり姉とまあ兄はいつも一緒だったから二人でひとつのセットだと思っていたけど、それは違ったってわけだ。

今、るり姉はカイカイと一緒にいる。まあ兄もカイカイもやさしいけど、小さい頃から知っているまあ兄のほうがあたしたちは慣れていた。まあ兄は、まあ兄というお兄さんみたいな人だったけど、カイカイはお兄さんというよりは、るり姉の旦那さんというイメージが強い。っていうか、イメージじゃなくて、ほんとの旦那さんだからその通りなんだけど。

このメンバーだと、男は一人だけ。六対一。まあ兄もカイカイもごくろうさま。

車のなかでは、みのりがおばあちゃんにバレーボールの話を一生懸命していた。みのりは四年生からはじめたバレーボールに夢中だ。六年生になってようやくレギュラーになれたらしい。

前に一度、みのりがお母さんとケンカして、「バレーボール辞めなさい」って言われたとき、みのりは大泣きして抵抗した。お母さんは看護師だから、過酷労働で、それなのにみのりがバレーボールなんてはじめたものだから、保護者引率とか合宿とか送り迎えとかで、ますます忙しくて、イライラもたまっている。

お母さんは、カイカイの車に乗ったとたんすぐに寝入った。あごを上に向けて、口を開けていた。まるで人間ダストボックス。

みのりは、姉妹のなかでは特別なおばあちゃん子だから、おばあちゃんにずっとバレーボールの話をしていた。みのりはおばあちゃんが大好きなのだ。一人でもおばあちゃんに会いに、電車で一時間以上かかるおばあちゃんちへ遊びに行く。

おばあちゃんがバレーボールのルールや攻撃種類を知っているとは、とても思えないけど、おばあちゃんはいかにも「へえ」って感じに返事をする。おばあちゃんも、みのりのことをかわいいと思っているのをあたしは知っている。きっと三人のなかで特別にかわいいはず。

昔はそういうことがわかんなかったけど、最近わかるようになった。でもまあ、わかったところでなんとも思わないから、そういうことに気が付くようになったんだろうけど。

カイカイは女六人に囲まれて緊張したのか、イチゴ狩りセンターへの道を間違えた。予定時間をとっくに過ぎて、行きの車のなかは少し険悪なムードだった。ナビが壊れて使いものにならなかったらしい。山道をくねくねと走った。

おばあちゃんは車に酔ったみたいで、目をつぶって静かにしていた。みのりはバレーボールの話を聞いてくれる人がいなくなったから、カバンからDSを取り出して一人で遊んでいた。みやこはサンルーフ越しの空を見上げて、腐った赤キャベツみたいな髪の毛先を指でくるくるといじっていた。あたしはというと、朝ごはんを抜いてコーヒーだけにしたのが悪かったのか、やっぱり少し車酔いしてしまった。

お昼前には着く予定だったけど、その調子で遅れちゃったから、途中のファミレスでランチにした。カイカイは自分の車だというのに、みんなのブーイングにタバコを我慢して、またもやファミレスでも禁煙席にされてしまったから、しかたなく店の外の灰皿で吸っていた。かわいそうなカイカイ。でも身体に悪いんだから、タバコはやめなさい。

るり姉も一時期タバコを吸っていたけど、今はもうやめたみたいだ。やっぱ、女の人は吸わないほうがいいよね。子どもを産むんだしね。るり姉はなんで赤ちゃん産まないのかな、ってずっと思ってた。るり姉が赤ちゃんを産んでくれないと、あたしたちのいとこがいないままだ。

まあ兄と結婚していたときは「赤ちゃん、赤ちゃん」って、るり姉に頼んでたけど、今はそういうことをなかなか言えなくなってしまった。あたしだってもう高校生だし、一応そういう知識はあるから、なんか、しらじらしいじゃん。

でもちょっと前に、るり姉がおばあちゃんと話しているのを聞いた。

「あんた、いいかげんに子どものこと考えなさいよ」

「うん、そうだね。あたしも今回は欲しいなって思うよ」

「そうよ、いつまでも若いわけじゃないんだから」

「うーん。なんか、自分がまだ子どもみたいで、子どもなんて育てられない気がするんだよね」

「ばか言ってんじゃないわよ。あんたが育てないなら、わたしが育てるからいいわよ」

って、そんな内容の話をおばあちゃんとるり姉はしていた。だから、るり姉、いよいよ産む気になったのかなあって思う。早く見たいな、赤ちゃん。きっとものすごくかわいいだろうな。あたし、赤ちゃん大好き。

あたしたちは、多少車に酔ったにもかかわらず、ボリュームのあるランチを平らげ、デザートまで制覇した。カイカイはタバコが吸いたいからって、少し早めに出て、また外でタバコを吸っていた。

そのファミレスから、イチゴ狩りセンターまではすぐだったんだけど、少し腹ごなししようってことで、あたしたちは近くの激安洋品店に寄った。みのりの靴下の親指がぜんぶ破けてるのと、あたしのウエストが少し太くなって、ジーンズが軒並みはけなくなってたから。

こんなお店でノーブランドのジーンズを買うのは嫌だったから、当たり障りのないカーゴパンツを買った。超安い。おばあちゃんが奮発して二枚も買ってくれた。ついでに、下着やら靴下やらTシャツやらをたくさん買った。こういうものはいくらあっても、知らないうちに不思議となくなっちゃうんだよね。るり姉から、お下がりの服ももらったから大収穫だ。

るり姉とカイカイも、激安のパーカーとか長袖Tシャツとかスウェットとか買っていた。量販店の、どでかい袋は、車のなかでとっても邪魔だった。

イチゴ狩りセンターに着くころには、充分お腹《なか》に空きができていた。ばかにしていた激安洋品店で、あたしたちは買物に燃えたから。あまりに安い&意外とかわいい、ということで、女たちは興奮しまくった。こういうお店が地元にもあればいいのにな、と思ったけど、誰かに見られたら恥ずかしいから、やっぱなくていいや、と思い直した。

カイカイはセンターに着くと同時に、またタバコを吸った。

「肺がんになるよ」

とあたしが言ったら、

「我慢してるほうが病気になる」

と、意味不明なことを言った。

『お一人様　１２００円』と受付所に書いてある。すかさず、お母さんが、

「だいたい、一パックにイチゴが十八個くらい入ってるとして、今の時期、三百九十八円。ということは、六十個食べれば元が取れるわけだね」

と、こんなときばっかりすばやい計算をして、あたしたちに指示を出した。

「六十個なんて軽い軽い。あたし去年、イチゴ狩りに来たときに数えたら百十七個だったもん。余裕だね」

るり姉が言う。

「そんなに食べられるわけないよ」

みのりが口をとがらせると、

「イチゴだーいすきだもん」

と、るり姉は手振りまでつけて、小さな子どものように言い放った。るり姉は無心にイチゴを食べていた。ビニールハウスのおばちゃんから手渡されたへた入れは、すぐにいっぱいになっていた。

「ねえ、るり姉。もう、いくつ食べた？」

あたしがのぞくと、るり姉は、チューブのコンデンスミルクをちゅるるーと絞っているところだった。

「ずるい！　るり姉！」

大声で抗議すると、

「うるさいっての。みんなに聞こえちゃうじゃんよ、おばか。ほら、さつきにも入れてあげるから」

と言って、ちゅるるるーとミルクをたくさん入れてくれた。それを横目で見ていたみやことみのりも寄ってきて、るり姉にねだった。

「ぎゃー。あんたたちのせいで、もうなくなっちゃうよ」

るり姉はうれしそうに言い、みんなのプラスチックのへた入れに、コンデンスミルクをちゅるるるーと、絞ってくれた。

結果は、やっぱりるり姉が一番だった。数は数えなかったけど、へたの量でわかる。二番目はお母さん。コンデンスミルクもなかったのにすごい健闘だ。あたしたち三人と、おばあちゃんはみんなどっこいどっこい。カイカイは、すごーく選び抜いたのしか食べなかったからビリ。生意気。

ビニールハウスのなかはもう夏みたいに暑くって、あたしたちは汗をにじませながら、イチゴを食べて、写真を撮った。ありきたりな家族旅行って感じだったけど、小さい頃みたいでたのしかった。また来年も来たいと、うそじゃなく思った。

帰りがけに、るり姉がイチゴのキーホルダーを買ってくれた。リアル苺って感じで、ちょっと不気味だったけど、全員でおそろいね、と言って、るり姉はお母さんやおばあちゃんやカイカイの分まで、ぜんぶで七個買った。さっそく携帯につけたら、ゴロッて感じでちょっと大きすぎたけど、まあまあかわいかった。

あのイチゴ狩りから二ヶ月が過ぎた。梅雨はまだ明けない。テストもあるし、本当にいろんなことがうっとうしい。あたしは携帯にでかくぶら下がっているリアル苺を見る。るり姉、大丈夫かなあ。病院なんて暇だろうな。携帯使えるのかな。叔母のお見舞いに行かなくちゃいけないっていう理由で、期末試験二日目の数学、休めないかな。

るり姉とは、メル友でもある。っていうか、メール交換というよりも、もっぱらダウンロードした着メロなんかを送ってもらっているだけなんだけど。前にお母さんがあたしの携帯料金を見て超怒って、サイトにつなぐのはほとんど禁止となってしまった。ダウンロードなんてもってのほかで、着うた着メロも取れなくなってしまったのだ。るり姉は、そんなあたしに、あたしが好きなお笑い芸人のギャグなんかをダウンロードして送ってくれる。感謝、るり姉。助かってます。

あたしはるり姉にメールを送った。

『検査入院？　大丈夫？　あちきは来週から期末試験。今度会いに行くね』

こんな感じで。きっと病院内は携帯禁止だろうから、返信は期待しないでおこう。るり姉、健闘を祈る。

期末試験は最悪。手ごたえがあるものは、ひとつもない。試験は明日で終わり。残すは地理と現国と世界史。中学生のときまではこう見えてもけっこう勉強好きだったのに、今はまったくつまらない。なんだか無理矢理やらされてるって気持ちになってる。

好きだった英語も、ぜんぜんおもしろくない。もちろん今日のグラマーもぜんぜんだめ。文法とかやるのがばかばかしく思えてきた。だってこんなことやってたって、洋画のなかの、たったひと言のセリフだって聞き取れやしない。

あーあ、いやんなっちゃうなあ。なんかいいことないかなあ。あたしは、なぜだか部屋の整理をはじめている。本棚に無造作に放り込んであるコミックや文庫本をきれいに見やすく並べ替える。

なんでテストってときに限って、こんなことやってんだろ。明日で終わりなんだから、ちょっとくらいがんばって勉強すればいいのに、と思いつつ、もうあたしは片付けに夢中。こんなこと、普段思いつきもしないのになんでだろう。そういえば、中間テストのときもＣＤの整理して、同じようなこと思ったっけ。

「あっ、こんなところにあった」

「茶の湯」の本の間から懐紙が出てきたのだ。茶道で使うあの懐紙だ。うさぎの絵が描いてあるかわいいやつで、どこにいったかなあと思ってたら、こんなところにあった。

あたしは茶道部に在籍している。うちの高校は、全員がなんらかの部活に入らなければならないという決まりがあって、茶道部か華道部か迷ったけど、華道部は花代がけっこうかかるって聞いたから、結局、お菓子が食べられる茶道部に決めた。お抹茶は苦くてあまり好きじゃないけど、和菓子はおいしい。

この懐紙はるり姉がくれた。前にちょっと茶道を習ってたことがあって、もういらないからってくれたんじゃなかったっけ。そうだ、お手前が出来るようになったら、抹茶茶碗もくれるって言ってた。夏休みになったら、もらいに行こう。ついでにお茶を点《た》ててあげよう。

「お姉ちゃん、なにやってんの」

みやこがまたノックもしないで入ってくるから、ドアの前に積んであったコミックが一気にくずれた。

「ちょっとお！　ノックしてっていつも言ってるでしょ。そこ、あんたの責任だから、片付けてよね」

みやこはそれには答えずニヤニヤしながら、「まだテスト中でしょ」と、勝ち誇ったように聞いてきた。みやこは昨日でテストが終わっている。

「うるさい。気分転換だよ。早く元通りに直して！　邪魔しないでよね」

まくし立てるあたしに気圧《けお》される様子もなく、みやこはずかずかと狭い部屋に入ってきて、あたしのベッドの上に座った。

「ちょっとー。いいかげんにして。あっち行ってってたら。なんか用なの？」

腐った赤キャベツ頭のみやこは、ふんふんと鼻歌なんかを歌ってる。

「ひまなわけ？　ユキちゃんちにでも行ってきなよ」

「今日は遊ばない。ユキはデートだから」

デート。中三で彼氏がいるわけね。

「で、あんたはなんの用よ？」

腐った赤キャベツの先っぽを指先でいじりながら、みやこはとぼけたままだ。

「ちょっと、怒るよ。用がないなら出てってよ」

「……るり姉さ」

「ん？　るり姉？」

「今日、おっかあ、るり姉のとこ行ってるの知ってた？」

知らなかった。なによ、なんでみやこが知ってて、あたしが知らないわけ。

「わざわざ仕事休んで行ったんだよ」

「だからなによ。姉妹なんだから当たり前なんじゃない？」

みやこはなんにも言わないで、あたしの顔をうらめしそうに見た。

「ああっ、もういいから行ってよ。これ、片付けてから勉強するんだから。あ、お母さんいないなら、あんたがみのりのお迎え行ってよね。あと、ご飯炊いておいてよ」

あたしはみやこの顔を見ずに、コミックを巻数順に並べながら早口で言った。みやこは、うんともすんとも言わずに、そのまま部屋を出て行った。

「ったく！」

床に散らばったコミックやら本やらは、もうちっともあたしの気分転換イコール整理整頓意欲をかきたてるものにはならなかった。結局、手に取ったものから適当に本棚に戻した。整理する前とほとんど変わらなかった。

うさぎの懐紙を机の上に置いて、あたしはしかたなく地図帳を開いた。

「はい、渋沢です」

試験も終わって、またいつものなにもない日常が戻ってきていた。

「もしもし、藤本ですけど」

「あれっ、もしかして、カイカイ?」

ひさしぶりに聞く声だ。顔が見えないと、ぜんぜん知らない男の人の声みたいに聞こえる。

「うん、そう。誰だ、ええっと、その声はさつきちゃんかな」

「当たり」

ふっ、という笑い声が聞こえた。ああ、カイカイだ、とここでようやく思った。

「お母さんいるかな」

「仕事。今日は準夜《じゅんや》だよ」

「ああ、そうか。じゃあ、帰ってきたら電話してって伝えてくれる?」

「帰ってくるの夜中だよ」

「ああ……」

一気に落胆の声。

「一応伝えておくよ」

「明日の朝でもいいから」

うん、わかった、と答えて電話を切った。るり姉のことを聞きたかったけど、なんとなく聞けなかった。カイカイも、聞かないでくれオーラを出していた。

「だれー？」

みのりが友達を連れて来ている。今日はバレーボールの練習は休みだそうだ。

「カイカイ」

と、あたしが答えると、みのりの友達たちは爆笑の渦。どうやら「カイカイ」というネーミングがおもしろいらしい。お腹を抱えてひいひい笑っている小学生。まったく若い。みのりもつられたのか、一緒になって涙を流して笑っている。

「おやつ、ここに置くよ」

チョコレートが挟んであるビスケットを菓子皿に載せて、冷蔵庫からオレンジジュースを出してあげた。すかさず、匂いを嗅ぎつけてアニーがやってくる。ビスケットに貪欲なアニーに、みのりの友達はまたもや大爆笑。どんなことでも笑えるんだね。若いってすばらしい。

「あとで、みんなでアニーの散歩行ってくれれば？」

うるさいガキどもを家から追い出す作戦として、言ってみただけだったんだけど、みのりも友達も嫌がることなく「はーい」と返事をしてくれた。かわいいところがあるじゃないの。外に出るときに声かけて、とみのりに伝えて、あたしは自分の部屋にひっこんだ。

今日、友達から借りてきたコミックを読む。これは超ハマる。今は三巻までしか出てなくて、この三巻だっておととい発売されたばかりのやつだ。高校生の恋愛話なんだけど、もうめちゃくちゃいい。思わず彼氏が欲しくなる。って、あたしは女子高だから期待できないけど。

それにしてもさっきのカイカイの電話が気になる。だってこんな時間、たいていの大人は仕事してるんじゃないの？　もしかして急ぎの用？　るり姉のことかな。こないだ送ったメールの返事はまだこない。一週間くらいってことだったから、もう退院したかなあ。

あたしはしつこく、るり姉にメールを打ってみた。

『るり姉、なにしてんの？　アニーはあいかわらず食い意地が張ってるよ。ぜんぜん、悲しげなんかじゃないよ。ヒマだったら返信してね』

送信。るり姉、見てくれてるのかなあ。

「お姉ちゃん、みんなでアニーの散歩行ってくるね」

みのりが玄関先で大きな声を張り上げ、あたしは部屋から顔を出して、「気を付けてね」と声をかける。

「そこの公園で遊んでくるね」

「うん。一応携帯持っていきなよ」

「もう持った。行ってきまーす」

みのりたちは軽快な足取りで外に出ていった。バレーチームの礼儀正しい友達たちは、きちんとあたしに「お邪魔しました」と頭を下げていった。うん。やっぱりスポーツマン精神は大事だな、などと思いながら、みやこにもなにか習わせたいと考える。って、あたしって、お姉ちゃんというよりお母さんじゃん。ったく。

あっ、家電《いえでん》が鳴ってる。

「はい、もしもし渋沢です」

「さつき⁉」

「おばあちゃんじゃん。なに、どうしたの」

「けい子いる？」

「だから、仕事だって。お母さんに用なら携帯にかけなよ。さっきカイカイからもかかってきたよ」

「……そう」

なんか元気ないおばあちゃんの声。

「なんかあったの？」

「ううん、じゃいいわ。またかけ直すから」

ちょっとお、と言っている間に切られてしまった。なんなのさ、まったく。カイカイもおばあちゃんも。でもちょっとまずい展開かも、と思った。

だって、これはもうどう考えてもるり姉のことに違いなく、るり姉の身になにかあったってことだ。仕事中はかけるなって言われてるけど、あたしは構わず、お母さんの携帯に電話を入れた。留守電に至急電話してね、とメッセージを残し受話器を置く。

「ただいまーぼなす」

みやこご帰宅。腐った赤キャベツをてっぺんでお団子にしている。

「おかえりーずなぶる」

なんとなくみやこに合わせて答えてしまった。そんな心境じゃないのに。こんなくだらないダジャレも、るり姉の影響だ。

「なにそれ。だっさ」

ふん。まーぼなす、のほうがダサいだろ。

「そこでみのりに会ったよ。みんなでアニーをいじめてた」

「いじめてるわけないじゃん。へんなこと言わないでよ」

あたしがムキになってそう言うと、みやこはニヤニヤと口の端《は》を持ち上げた。嫌な奴。

「なんかあったの？」

みやこは意外とするどい。ふざけているようだけど、人のことをよく見ている。あたしは、カイカイとおばあちゃんからの電話を言おうかどうしようか迷う。

「るり姉のこと?」

あたしの顔だけで、なんのことかわかったみたいだ。

「さっき、カイカイとおばあちゃんから電話があった」

「うそ? マジ? なんだって?」

ちょっと真剣なみやこの顔。なんかやだな。

「お母さんいないかって」

「それで?」

「……そんだけ」

どうせ、あたしは使えない女ですよ。さもばかにしたようなみやこの顔がムカつく。

「やばいよね」

「え?」

呆けた顔で聞き返したあたしに、宙を見ていたみやこが視線を落とす。めったに見ない、みやこの真面目な顔。

みやこはそのままなにも言わずに、自分の部屋に入っていった。みやことなにかしゃべりたかったけど、だけど、しゃべるのがこわくて、あたしはただ突っ立ったままだった。

次の日、お母さんは準夜だったにもかかわらず、朝イチでるり姉のところに行った。あたしたちにはなんにも言ってくれなかった。

「戸締まりちゃんとしていきなさいよ」

と、いつもは言わないようなそんなことだけ言って、お母さんはバタバタと行ってしまった。今日はうちがバレーボールのお迎えの日だったらしく、みのりは「絶対間に合うように帰ってきてね」と、お母さんにしつこくお願いしていた。

みやこはなんだか機嫌が悪くて、お母さんをにらみつけるようにして見送った。あたしに対してもなにかを怒ってるみたいで、わざとらしく無視して学校へ行った。ふん。

試験が終わって梅雨が明けて、あとは夏休みを待つばかりって感じで、みんなは浮き足だっているけど、あたしは、どよーんとしていた。ゆんこが、昨日のコミックの感想を聞いてきたけど、実は半分までしか読めてなくて、ちょっとブーイングだった。

だって、昨日は気持ちがあせってしまって、なんにも手につかなかった。大好きなマンガも頭に入らなかったんだから重症だ。それに、みやこのバカが、大音量でメタルをかけてたから、ぜんぜん集中できなかった。

みやこは特にハードロックが好きなわけじゃなくて、音が出るものだったらなんでもいいのだ。友達から借りてきたCDをむやみやたらにかけまくるだけ。トランスでもヒップホップでもポップスでもなんでもいい。機嫌が悪いときのみやこの癖。なによりの証拠。バカな奴。

もちろんあたしだって心配だ。大好きなるり姉。大人たちだけであせって動いてて、あたしたちは蚊帳《かや》の外。ちゃんと言ってくれなきゃわかんないじゃん。不安で心がいっぱいになってしまう。

ご無沙汰していた茶道部に顔を出す。誰だっけ？　なんて言う意地悪な先輩にお愛想笑いして、うしろを向いて舌を出した。お手前の手順をなかなか覚えられないあたしに、チカ先輩が丁寧に教えてくれる。お道具もぜんぶ忘れて、のこのこ顔を出したあたしに、自分のものを貸してくれた。

さっきの嫌味の先輩とは大違い。二年生のチカ先輩はとってもやさしい。笑ったときの顔の雰囲気があたしの好きな芸能人に似てるから、はじめて見たときから好感が持てた。

お客さんになって、上品な和菓子を頂き、チカ先輩の点ててくれたお茶をちょうだいする。るり姉からもらった、うさぎの懐紙を持ってくればよかったと思う。

少し気持ちが落ち着く。茶道部を選んだ理由は不純だけど、茶道をやってよかったなと思うのは、心が静かになることだ。風がやんで波が穏やかになる凪《なぎ》のように、こんなせっかちなあたしでも、気持ちが柔らかく平らになって呼吸が深くなる。

「さつきちゃんに会えるのたのしみだから、もっと顔を出してね」

帰り際チカ先輩に言われて、思わず恐縮。「はい！」と返事だけ元気よくして、部室をあとにした。

携帯に、お母さんからメールが入っていて、「今日は少し遅くなるから、先に夕飯食べててね。それと、みのりのバレーボールのお迎えお願いね」だって。やれやれ、だよ。とばっちりはみんなあたしにくるんだから。今日の夕飯はインスタントラーメンに決めた。

お迎えに行ったあたしを見て、あからさまに嫌な顔をするみのり。開口一番「お母さんは？」だって。お母さんがいないから、あたしがわざわざ来てやったんだっつーの。

本当は車で子どもたちを家まで送り届けるんだけど、お母さんが来られないんだからしかたない。あたしはみのり以外の三人の子に謝って、「今日は歩きで帰るよ」と伝えた。アニーを連れてきたのがよかったのか、三人のお友達は「はい」と素直に答えてくれた。ほっと胸をなでおろす。みのりだけは、ばつが悪そうな顔をしている。ったく、こっちの身にもなってみろ。

比較的家が近い子たちばかりで、しかもアニーがいたものだから、思ったよりも早くみんなを無事に送り届けることができた。アニーは家族以外の人がいると、俄然《がぜん》はりきって走り出す。子どもたちは夢中になって、アニーを追いかけた。

「お母さん、どうしたの？」

あたしとみのりの二人だけの帰り道、アニーはすっかりだらだらモードで、さっきがんばりすぎたのか、いつも以上に歩みが遅い。

「まだ帰ってきてないの。ちょっと遅くなるって、メールに書いてあった」

「おばあちゃんちに行ってるんでしょ？」

みのりが顔を上げる。早く背が伸びるといいね、と思う。

「うん。それかカイカイのところ」

「るり姉、どうかしたの？」

百五十三センチしかないうちのお母さんよりも、十センチも背の高いるり姉。あたしの身長もあと五センチ足りない。

「わかんない。べつに、大丈夫でしょ」

みのりの背が、るり姉よりも高くなりますように、とようやく暗くなってきた空を見上げてなんとなく思った。

家に着くと、みやこがめずらしく焼きそばをつくっておいてくれた。「冷蔵庫のなかに、これしかなかったから」とみやこは言うけれど、インスタントラーメンより断然いい。

「おっかあから、さっき電話あったよ」

みやこが足の爪を切りながら言い、あたしとみのりは焼きそばを頬張りながら、同時に「なんだって？」と声を出した。

「今日は向こうに泊まるって」

「えー」と言ったのは、みのりだ。

「理由聞いた？」あたしが聞くと、みやこは、

「聞いたけど、教えてくれねえの」と怒ったように言う。

「ねえ、お姉ちゃん。おっかあが帰ってきたら、マジで聞いてみようよ。るり姉のこと」

みやこのいつになく真剣な顔を見ながら、あたしはゆっくりとうなずいた。

結局、翌日の夕方になって、お母さんは帰ってきた。

「再検査するから、しばらく入院するそうよ」

みやこと二人で詰め寄ると、拍子抜けするくらいあっさりとお母さんは答えた。

「あー、疲れた。少し寝るからよろしくね」

お母さんはソファーに横になり、あっという間に寝息を立てた。テーブルに置かれたメガネはまだ少しいびつだ。早くちゃんと直せばいいのに。過酷労働、ナースさま。お

つかれさまです。

みやこは少し安心したのか、機嫌がよくなった。まったくげんきんな奴だ。来週から夏休み。休みに入ったら、るり姉のところにみんなでお見舞いに行く約束をした。


「きゃー！　さつき、みやこ、みのりー！　元気だったの！　ひさしぶりじゃーん」

病室のるり姉が、大きな声を出す。同室の何人かが咳払いをしたので、あたしたちはそそくさと食堂へ移動した。

るり姉はオレンジ色の半袖のパジャマを着ていて、ひまわりみたいだった。どこも悪いように見えない。しゃきしゃき歩いて、あたしたちを先導する。

「あれ？　お姉ちゃんは？」

るり姉がお姉ちゃんと言うのは、あたしたちのお母さんのことだ。

「お母さんは、おばあちゃんのところ。寝てる」

みのりがそう言うと、るり姉は、げらげら笑って、

「相変わらず疲れてるねー！」と言った。

「ちょっと待ってて」

るり姉が食券を買って、あたしたちにクリームソーダを持ってきてくれた。

「いかにもまずそうだけど」

そう言ってるり姉は、自分の分まで含めて、四つの毒々しい緑色の液体をテーブルの上に置いた。喉が渇いていたから、ストローで一気に飲んだ。懐かしい味がした。

「古き良き時代の味がするねえ」

るり姉がそんなふうに言うから、あたしは大きくうなずいた。

「みやこはまだその頭なの？　腐った赤キャベツめ」

みやこはなんだかうれしそうに、上目遣いでるり姉を見つめる。

「みのり、アイス食べる？」

アイスをすでに食べ終わったみのりは「うん、ちょうだい！」と元気よく言い、るり姉のグラスから上手にアイスだけをすくい取った。

「みのりはバレーボールどうなのさ」

おもしろいよ、とアイスに夢中になりながらみのりが答える。

「さつきは茶道部だっけ」

「うん」

「どうなのさ」

「まあ、おもしろいかな」

「今度、お抹茶点ててよね。たのしみにしてるからね」

うん、とあたしは返事をした。

「みやこは毎日なにしてんの？　悪いことしてないでしょうね」

急に話をふられたみやこはなぜかキョロキョロとして、「してないよ」と笑う。

いつも通りだった。るり姉は髪が伸びて結んでいたけど、それ以外はぜんぜん変わってなかった。るり姉は元気だった。るり姉が大きく口を開けて、きゃっきゃと笑うと、こっちまでおかしくなった。

「あ、そうだ。悲しげアニーはどうしたのよ？」

るり姉が聞いて、みのりが「留守番」と答える。

「かわいそうなアニー。やっぱり悲しげだよ」

みやこがくすっと笑う。

「ねえ、これやんない？」

るり姉が取り出したのはＵＮＯだ。いったいどこに隠してたんだろう。

「やるやる」

とみのりは乗り気だ。みやこもニヤニヤ笑っている。あたしは四つのクリームソーダのグラスを片付けて、食堂のおばちゃんから台布巾を借りて、水滴だらけのテーブルを拭いた。

「さつきは本当によく気が利くよねえー！　いい嫁になるよ。さすがだよ。ありがとう」

るり姉のおおげさな物言いにちょっと閉口したけど、やっぱりうれしくて頬が緩んでしまう。昔からるり姉に誉められると、なんでもできそうな気がした。

「賭ける？」

みやこが聞いて、るり姉が「いいねえ」と指を鳴らす。

「やだよ、お金ないもん。いつも負けるし、それならやらない」

みのりが騒ぐ。みのりは大胆なのか、横着なのか、こういう些細《ささい》なゲームでも有り金をほとんどつぎ込んでしまい、最後に泣きをみる。それも一回に賭ける金額が大きいから、ほんの数回でゲームにも参加できなくなってしまうのだ。まあ、有り金ぜんぶって言っても三百円とか、多くて五百円なんだけど。

「じゃあ一円単位でやろうよ」

るり姉の提案に、みやこが「しょぼい」とつぶやく。

「わかった。じゃあ、今日はせっかく来てくれたから、あたしがあんたたちに賞金を出します。これから三回戦やって、優勝した人には五百円、二位には三百円、三位には百円。どうよ、これで」

しょぼい、とまたみやこが言ったけど、るり姉は相手にせず、みのりはというとその金額に大喜びで、「絶対勝つ！」とはりきった。

あたしたちは、病院の陰気臭い食堂で、まるでディズニーランドにでも来たようなはしゃぎぶりだった。何人かのパジャマ姿の患者さんが、怪訝《けげん》な顔つきであたしたちを見ていく。

「イエイ、イエイ、イエイ。ほいリバース。ほい色指定！　カレー味の黄色！」

るり姉は、まるでうちにいるみたいに豪快に笑い、あたしたちもおかしくて、大笑いしながらゲームをした。

三回勝負して、総合一位はみやこ、二位はるり姉、三位はみのり、ビリはなんとこのあたし。るり姉はスポンサーだから、二位を辞退して、そのまま繰り上げとなり、三位になったあたしは百円をもらった。たかが百円、されど百円。るり姉からうやうやしく贈られた百円は特別な百円みたいで、ちょっとうれしかった。

「毎日検査してんの。すごーくヒマだから、また絶対来て。今度は花札しようよ」

るり姉は、笑顔であたしたちを病院の外まで送ってくれた。

「げー、外はこんなに暑いの。季節は夏だねえ。早いもんだねえ。追いつけないねえ」

帰り際、しみじみしているるり姉のひとり言を、みやこはニヤニヤしながら聞いていた。

おばあちゃんちに行くと、お母さんはまだ寝ていた。おばあちゃんは、少しだけ痩せたみたいだった。最近、体重増加傾向のあたしは、それがちょっとうらやましい。

みのりはさっそくおばあちゃんにまとわりついて、バレーボールの話をはじめる。るり姉に話してあげればいいのにさ、と思ったけど、飽きっぽいるり姉は、きっと最後までみのりの話を聞いてられなくて、また今度ね、で終わらせてしまうだろう。子どもって、そういうことにすごく敏感だ。みのりももう少し大きくなったら、るり姉の媚《こ》びない小気味よさがわかるのになと思う。

「るり子どうだった？」

おばあちゃんの質問に、みのりが「三百円もらった。おばあちゃんもおこづかいちょうだい」と調子のいいことを言っている。

「ぜんぜん元気だったよ」

あたしが言うと、おばあちゃんはほっとしたような笑顔になった。

その日は、カイカイが来るのを待って、みんなで夕食を一緒に食べに行った。回転寿司だったから、ほとんど会話はなく、みんなで我先にと回ってくる皿を取り、パクパクと口へ入れた。カイカイは元気がなかった。カイカイも、やっぱり少し痩せたみたいだった。

「元気ないじゃん」

とあたしが言うと、「ここはタバコが吸えないからな」と筋違いなことを言った。ったく、ばかにしないでほしい。

おばあちゃんもカイカイも、るり姉がすごく心配なんだ。もちろんあたしだって心配。

だけど、今日のるり姉を見て、今まで通りのるり姉だったから安心した。早く元気になってね。あたしは心のなかで祈った。

みやこが中学生になるまで、夏休みはいつもおばあちゃんちで過ごした。るり姉が住んでるところもおばあちゃんちから近いから、るり姉は仕事が終わると飛んで帰ってきて、あたしたちと遊んでくれた。ドライブに行ったり、浜辺に花火をしに行ったりした。まあ兄がカイカイに替わっても、るり姉はなんにも変わらなくて、カイカイまで巻き込んであたしたちをかわいがってくれた。

みのりはまだ小学生だし、しかもおばあちゃんが大好きだから夏休みをおばあちゃんちで過ごしたいんだけど、バレーボールをはじめてからは難しくなった。みやこはみやこで腐った赤キャベツ頭だし、あたしはもう高校生だから、おばあちゃんちよりは、うちにいたほうが落ち着く。

おばあちゃんちは、今はおばあちゃんしか住んでいない。九十六歳まで元気だったひいおばあちゃんは、去年亡くなった。おばあちゃんの旦那さん、あたしたちにとってはおじいちゃんにあたる人はもういない。おじいちゃんは、あたしのかすかな記憶のなかに、申し訳程度に残っているけど、仏壇の写真を見てもピンとこない。

「さつきのこと、すごくかわいがってくれたんだよ」

と、るり姉は言う。おじいちゃんはあたしが保育園の年長さんのときに死んでしまった。おじいちゃんは自分のお母さん（ひいおばあちゃん）よりも先に死んでしまった、ということだ。

だから、おばあちゃんはかわいそう。ひいおばあちゃんは、亡くなるちょっと前まで、すごい強い人だったらしい。あたしには、そんな印象はあまりないけど、おばあちゃんやるり姉の話から、それは想像できる。

あたしは仏壇に手を合わせて「るり姉が早く元気になりますように」と、あたしをかわいがってくれたというやさしいおじいちゃんと、すごく長生きした強豪ひいおばあちゃんにお願いした。

夏休み、バイトをはじめた。近所のローソン。時給七百二十円だけど、家でゴロゴロしてるよりは建設的だと考えた。週に三日。午後二時から五時まで。最初は緊張したけど、仕事は難しくなくて、ほとんどがレジ打ちだった。たいていパートのおばさんと一緒で、おばさんたちは自分の娘よりもずいぶん若いであろう、あたしの面倒をよく見てくれた。

一度ひやかしに、みやこが友達のユキちゃんと一緒にやってきた。みやこはニヤニヤしてるだけで、ユキちゃんが「こんにちは」と挨拶してくれた。ユキちゃんの髪は脱色してあって、それは金髪というよりほとんど白に近い。るり姉が見たら、「かたくてまずそうなバナナ」とでも言うだろうか。

二人が帰ったあと、パートのおばさんに「知り合い?」と聞かれたので、「はい」と答えたけど、「妹です」とは面倒なので言わなかった。

みのりも何度か来た。みのりは「さつき姉ちゃん」とあたしのことを呼んだので、妹だってことはすぐにばれた。「かわいい妹さんねえ」と言われて、あたしは「どうも」と答えておいた。

お母さんはバイトに関してはなにも言わなかった。「ああ、そうなの」と言い、「安くなるの?」などと見当違いのことを言っていた。るり姉のところには定期的に行っているようだった。様子をたずねると「まあまあ」と答えた。

あたしたちが次にるり姉に会ったのは、病院の食堂でUNOをやってから、二週間後のことだ。まだ退院できないのかなあ、と思いつつ、あたしたちはお母さんと一緒に、四人でお見舞いに行った。みやこは、ひそかに花札を持っていった。

「あれ? ここじゃなかったっけ」

お母さんは、「替わったのよ」と言い、べつの階に案内した。るり姉の病室は、六人部屋から二人部屋に移っていた。三一〇号室。藤本るり子、とマジックで書いてある。誰が書いたんだろ、下手くそな字だ。

「こんにちは」と、小さな声でお母さんが入っていき、あたしたちはずらずらとあとに続いた。手前のベッドには誰もいなかった。掛け布団がこんもりと寄せてあって、ついさっきどこかに行ったみたいだった。

奥の窓側のベッドまわりにカーテンが引いてあって、お母さんは「ここよ」と言った。あたしたちは顔を見合わせて、くすくすと笑った。カーテンを開けたら、どんな顔してるり姉に会おうかと考えると、なんだか笑えた。

「るり子」

お母さんがまた小声で言った。お隣さんが留守なんだから、小声にしなくたっていいじゃん。みのりが半分笑いながら、「るり姉」と、ちょっと大きな声を出す。お母さんが、静かにカーテンを開けた。

るり姉は寝ていた。

お母さんが、あたしたちに向き直って、「シーッ」というジェスチャーをした。るり姉は前に来たときよりも、痩せたように見えた。

布団から顔だけ出して寝ているるり姉。その顔は、前よりもひと回り小さくて、顔色も決していいとは言えなかった。

「痩せちゃったみたい」

みのりがお母さんの服をつかんで言った。お母さんは「そうだね」と答えた。あたしは意味がよくわからなかった。そのとき、みやこが突然「帰る」と、怒ったように言って部屋を出て行った。

みやこが出て行ってから、お母さんが「またあとで来ようか」とあたしたちを促すまでの間、あたしはるり姉から目が離せなかった。


みやこは廊下でヤンキー座りをしていた。

「お待たせ」

お母さんがやさしくみやこに声をかける。みやこは、お母さんとあたしとみのりを順番ににらんでから、ようやく立ち上がった。

あたしたちは、二週間前にるり姉とUNOをやった食堂で、お母さんはコーヒー、あたしはアイスティ、みのりはフルーツパフェを注文し、みやこは「いらねえ」と言って、ただのコップ水を目の前に置いていた。

「なんで言わなかったわけ？」

と、お母さんに食らいついたのは、コップ水のみやこだ。みやこは昨日、ユキちゃんたちと海水浴に行ったらしく、顔は見事に日焼けしていて、腐った赤キャベツ頭は色が落ちて、さびたような赤茶色になっていた。

「ねえ、なんでだよ」

みやこの言葉遣いの悪さには、あたしたちはとっくに慣れている。だけど病院の食堂で、あたしたちのまわりにいる人たちはむろん慣れていなくて、ぎょっとした顔で何人かがこっちを見た。でも、あたしも聞きたかった。なんでもっと早く言ってくれなかったのか。

「そんなに心配することないのよ」

答えになっていないような言い方をお母さんはした。

「子ども扱いすんなよ！」

まわりの人には、不良に絡まれて、カツアゲでもされているかわいそうな親子だと思われたかもしれない。

みやこがテーブルをドンと叩いた。その瞬間、それは思いがけずやってきて、止める間もなく勝手にこぼれ落ちた。あたしは誰にも気付かれないように「ちょっとトイレ」と慌てて立ち上がり、食堂をあとにした。

トイレに行くまでの廊下を駆ける間、あたしの顔はぐじゃぐじゃだった。涙と鼻水が自分の意思とは関係なく、どんどんどん流れてきた。

わからなかった。あたしはどうして泣いているのか、なにが悲しいのか。泣いたらいけないことはわかっているのに、なんで泣いちゃってんだろう、と思いつつ、涙はしばらく止まらなかった。だって、こないだまであんなに元気だったのに。るり姉はいつだって元気じゃなくちゃいけないのに。具合が悪いるり姉なんて、るり姉じゃない。あんなるり姉、はじめて見た……。

食堂では、ヘビとマングースのにらみ合いが続いていた。どうやらあたしの涙には、誰も気付いていないようだ。トイレで顔を洗ってきたから大丈夫。

「どこ行ってたんだよ」

みやこにすごまれ、思わず妹ごときに「ごめんね、トイレ」と低姿勢になってしまう。お母さんは、疲れきっているように見えた。お母さんに怒るのはお門違いもいいところだ。

「手術しないといけないの」

と、お母さんは言った。みのりは、すっかり食べ終わったフルーツパフェの器に、スプーンを入れたり出したりしている。

「手術って、なんなんだよ」

みやこが身を乗り出して、お母さんに食ってかかる。ああ、今みやこもきっと泣きたいんだろうな、と思う。

「病気が見つかったの」

みやこが大きく息を吸うのがわかったから、あたしが代わりに「なんの病気」と聞いた。

「お腹にね、悪いものができてたの」

お母さんのはっきりしない物言いにイライラしたけど、みのりがいるからかもしれないと思い、そのままおとなしく聞くことにした。

「よくなるんでしょ？」

あたしがそう聞くと、うつむき加減だったみやこもみのりもぱっと顔を上げて、お母さんを見た。お母さんはまばたきを二度ずつ三回したあと、すっと顔を上げて、

「よくなるに決まってる」

と言った。

みやこがまた大きく息を吸うのがわかった。空気をいっぱい吸って、全身を使って大声で叫びたいのだ。けれど、みやこはなにも言わなかった。そのまま空気が抜けたようにしぼんでいった。

「大丈夫なんだよね？　絶対に絶対に大丈夫なんだよね」

あたしは聞いた。お母さんは、

「大丈夫に決まってる。神さまにお願いする」

と、子どものような口調で、子どものようなことを言った。みのりが「あたしもお願いするよ」と言った。あたしはまた泣きたくなった。けど、今度はこらえた。アイスティを引き寄せて一気に飲んだ。氷が溶けて、すっかりうすくなったアイスティはまずか

った。

「もう、るり子、起きてるかもね。行ってみようか」

あたしは、会ってなにを話せばいいのかわからなかった。お母さんの提案に、誰もなにも答えなかった。

「じゃあ、わたしだけ行ってくるわ。あんたたちここにいなさい」

お母さんは笑顔でそう言って、立ち上がった。みのりが慌てたように立ち上がり、「あたしも行く」とお母さんについて行った。

二人の姿が見えなくなってから、

「みやこはここで待ってるの？」

と聞くと、すかさず「そういうお姉ちゃんはどうすんのさ」と返された。あたしは、みやこが持ってきた花札を思い出して、切なくなった。

二人でしばらく沈黙した。それはものすごく長い時間に感じられた。沈黙後、あたしは立ち上がっていた。身体が無意識にそうしていたのだ。みやこも立ち上がった。あたしたちは、今までぼうっと座ってたのがうそみたいに、競い合うようにるり姉の病室へ向かった。

「やだー、さつきもみやこも来てたの⁉　なによ、早く来なさいよ。この薄情者め」

るり姉はベッドの上に起き上がっていた。うすい胸元。白くて小さいるり姉の顔。

「元気だった?」

と、呪いたくなるような質問をしたのはこのあたしだ。アホだ。

それでも、律儀なるり姉は、

「うーん。いまいちかな」

と返事をしてくれた。

UNOで盛り上がったときから二週間しか経ってないのに、るり姉からは「元気のもと」がすうすう抜けていってしまったみたいだ。

「さつきはバイトはじめたんだってね」

少しくらい痩せたって、るり姉の笑顔は変わらなかった。顔中ぜんぶで笑う笑顔。あたしの大好きな顔。

「うん。近くのコンビニ。ほとんどレジ打ちだけど」

「へえ。さつきの働く姿見たいなあ」

今度絶対来てね、とあたしは言った。

あっ、そうだ。バイト代入ったら、るり姉になにか買ってあげよう。Tシャツとか靴下とか、なにかそんなもの。きっと喜んでくれるはず。

「みやこの頭は、相変わらず汚いわねえ」

るり姉が突然言うから、あたしたちは笑った。本当にみやこの頭は汚いったらありゃしないんだから。

言われたみやこは、やっぱりなんだかうれしそうで、「昨日、海に行ってきたからさ」などと、ぜんぜん関係ないことを言って頭をかいた。

「ほんとにさ、みやこの髪の毛はまっすぐで、まっくろで、つやつやでとってもきれいだったんだから。それなのに、そんな腐った赤キャベツみたいにしちゃって、中学生ってほんとばかだよ」

るり姉のいつものセリフ。みやこは下を向いて、いつものようにニヤニヤしている。

「お姉ちゃん、ありがとう。また来て」

女四人で、とりとめもない話をさんざんしたあと、るり姉は気を遣ったのか、あたしたちが言うより先に言った。お母さんは小さくうなずいた。

「みのり、バレーボール一生懸命練習して、試合でたくさん勝ってね。さつきもバイトがんばって。みやこはとりあえずその頭をどうにかしなさいよ」

るり姉は最後に、またみんなを笑わせてくれた。

「また来るね。早くよくなってね、るり姉」

あたしたちは交互にそんなことを言って、病室をあとにした。るり姉はベッドの上で、笑顔で手を振ってくれた。前は外まで見送ってくれたのに、と思ったら、胸がきゅーんとなった。

帰りにおばあちゃんちに寄った。おばあちゃんは、「ごくろうさま」とあたしたちに言い、さみしそうな笑顔をつくった。一気に年をとったみたいだった。

「るり姉、痩せちゃってたよ」

みのりがすごい発見でもしたかのように、おばあちゃんに報告する。おばあちゃんは、うんうん、とうなずいている。あたしはみのりのバカをひっぱたきたかった。みやこは、病院を出てからひと言も口を利いてない。

夕飯近くになってカイカイがやって来た。

「ちょい、ひさしぶりだね」

カイカイがあたしたちに向かって、手を上げる。うれしそうに迎えたのはみのりだけだ。あたしはカイカイのやつれた顔を見て、かける言葉が見つからなかった。みやこは相変わらずなにもしゃべらない。

「今日、るりちゃんのところにお見舞いに行ってくれたんだってね。ありがとう」

今しがた、るり姉のところに寄ってきたらしいカイカイが言った。あたしは「ううん」と首を振ったけど、みのりがまた「るり姉、痩せてたよ」とカイカイにまで言うから、もう本当に蹴り飛ばしてやりたかった。

カイカイの携帯がポケットから顔を出していて、イチゴのストラップが見えた。みんなでおそろいのやつだ。イチゴ狩りに行ったのは、ついこないだのことなのに、るり姉は今病院にいるんだと思うと、すごく不思議で、なんてひどい話なんだろう、という気持ちになった。

あのときは元気いっぱいのるり姉がいたのに。そう思うとたとえようのないさびしさが、ひしひしとおそって来た。ドラえもんに今すぐ来てもらって、タイムマシンであの日に戻りたいと思った。それで、るり姉の未来の病気を食い止めたいって、真剣に思った。

「麦茶でも飲む?」

「えっ? ああ、お願い」

その夜、ぼんやりとテレビを見ているお母さんに声をかけると、お母さんはびっくりしたように顔を上げた。お母さん、相当疲れてるなと思った。

テレビは、あたしの大好きなおもしろい深夜番組をやっていた。若手芸人たちが、街の人をドッキリにかけるんだけど、実は本当にだまされているのは、一般の人ではなくて芸人たちというやつ。ドッと笑い声。あたしは音量を落とした。

「バイトどう?」

ふいにお母さんが聞いてくる。あたしは「たのしくやってるよ」と答えた。

「おばあちゃんのところの花火大会のことだけど」

お母さんが言う。おばあちゃんの住んでいるところでは、毎年大きな花火大会があって、あたしたちはたぶん（記憶に残っているなかでは）ずっと見てきたと思う。るり姉が場所取りをしてくれたビニールシートに座って、あたしたちは、おにぎりとか焼き鳥とか枝豆とかポテチとかを食べながら、目の前に大きく映る花火を見るのだ。

もちろん今年だって行きたいと思う。おばあちゃんちに泊まりに行かなくなったって、この花火大会だけは絶対にずっと行きたいと思ってた。だって、夏の目玉だもん。夏のしるしだもん。夏の思い出だもん。

「るり子、外出許可もらう予定なの。みんなで行こうと思うんだけど」

お母さんの言葉に、あたしは目だけでうなずいた。

「ちょっと！」

そのとき、みやこが大きな足音を立ててやって来た。今日、病院を出てからはじめて口を利いた。あたしは、ガラにもなく、みやこのためにもう一つ麦茶をいれてあげた。

「るり姉、死ぬんでしょ！」

みやこがいきなりそんなことを言ったから、あ然とした。お母さんは、すぐさま立ち上がって、みやこの頬をぶった。パンッと鋭い音がした。

「ってえな！　なにすんだよ」

「よくなるって言ったでしょう！　今度そんなこと言ったら、承知しないから」

みやこはお母さんをにらんでたけど、ぶったほうのお母さんは、まるで自分がぶたれたかのように脱力していた。

「もう寝るわ」

それだけ言って、お母さんは行ってしまった。みやこは大きな貧乏ゆすりをしている。

「花火大会にみんなで行こう、だって」

みやこは話を聞いていたらしく、ふん、と鼻を鳴らした。

「るり姉がいなくなったら、三万円の図書カードもらえないじゃん！　ひいきだよ！　お姉ちゃんだけずるいよ！」

みやこがなにを言っているのか一瞬わからなかったけど、意味がわかったとたん、頭に血が昇った。あたしは思わず、コップの麦茶をみやこにぶちまけた。あっ、と思ったら、あたしも麦茶をかけられていた。

みやこの濡れた顔や髪を見てたら、泣けてきた。不器用なみやこの気持ちは、よくわかってるつもりだった。

「ごめんね」

「……だって、ずるいじゃん。あたしだって、るり姉から……高校入学のお祝いほしいもん……」

泣けないみやこ。るり姉が大好きなみやこ。

いつのまにかアニーが足元に来て、あたしたちがこぼした麦茶をペロペロと舐《な》めた。喉が渇いているのか、床を舐め終わり、あたしたちを見上げて「くうん」と鳴いた。るり姉が言うように、今日のアニーに限っては、悲しげに見えなくもなかった。


あたしはバイトの時間を午前中に替えてもらった。うちからるり姉の病院まで約一時間半。行けるときは会いにいきたかった。みのりはバレーボールがあるから、あたしはみやこと二人で電車に乗って行った。

でも、毎日行けるわけはなくて、せいぜい三日に一度がいいところだった。みやこは「毎日行こうよ」とあたしを誘ったけど、それはやっぱり難しかった。こう見えても、やることはいっぱいあった。かといって、みやこはなぜか一人では絶対に行こうとはしなかった。

「ねえ、昔はさ、いろんなところ行ったよね」

るり姉が半身起き上がって、ベッドにうすい身体をくっつけている。

あたしたちは丸椅子に座って、るり姉とおしゃべりをする。丸椅子からは、あたしたちの健康的すぎるお尻がはみ出している。

「うん。いろんなところ行った。ピューロランドとかテディベア・ミュージアムとかサファリパークとかナンジャタウンとか」

みやこ、よく覚えてるねえ、とるり姉が感心する。

みやこはなんていうのか、具体的なことをよく覚えてる。場所とか何年生の頃とか、どうやって行ったか、なんてことを。あたしはそういうの苦手。漠然としか覚えてなくて、それも、「あの塀の柄はすてきだった」とか、「道端にチューリップが二本咲いていた」とか。でも肝心な場所は思い出せない。部分的なことだけ頭に残っている。使えない、まったくもって。

みやこに言われて、小さい頃にるり姉と行った、いろんなところを断片的に思い出した。たいてい、まあ兄が一緒だったなあと思い、カイカイは本当にかわいそうだと思った。まあ兄といた時間のほうが、カイカイよりも長い。

でもそう思った自分をすごく嫌な奴だと思った。だって、カイカイをかわいそうと思うのは、るり姉の先のことを考えてのことだから。あたしってひどい。これじゃあ、るり姉とカイカイは、これからどこにも遊びに行けないみたいじゃない。ってことは、あたしは最低最悪のことを頭の片隅で考えているということで、それはるり姉やカイカイへの裏切り行為だ。すげーヤな女だ、あたしって。

お母さんもおばあちゃんもカイカイも、手術さえすれば必ずよくなるって言うけれど、もちろんそれはうそじゃないと思うけど、これまでずっと、元気印のるり姉しか見てこなかったから、あたしたちはものすごく不安なのだ。第一、いくら病気だからって、こんなしみったれた病室とるり姉は、ぜんぜん似合わない。

「みやこは写真が嫌いで、いつもシャッター押すときヘンなほう向いてたよね。アルバムを見ると、ほとんど視線が合ってないの」

るり姉の言葉に、みやこはうれしさを隠し切れないような含み笑いをする。るり姉が病気になって思ったけど、みやこはるり姉と話しているとき、本当に幸せそうな顔をするのだ。こんなヤンキー娘のくせして。

「また、みんなでどこかに行きたいなあ」

るり姉が言う。あたしもみやこも「行こう行こう」と大きくうなずいた。

帰りがけ、るり姉に呼び止められた。

「さつき、おじいちゃんのこと覚えてる？」

おじいちゃんというのは、るり姉やうちのお母さんのお父さんのことだ。あたしは一瞬どきっとした。死んでる人の話はあんまりしたくない。あたしは、首をかしげてみせた。

「おじいちゃんは、さつきのこと、すごくかわいがってくれたんだよ」

うん、とあたしはうなずいた。るり姉からよく聞かされる話だ。

「昨日ね、おじいちゃんが夢に出てきたの。かわいい赤ちゃんを抱いてて、すごくうれしそうな顔してたよ。あたし、夢のなかで、あの赤ちゃんはさつきかなあって思ったの」

あたしはなんとも答えようがなくて、あいまいに笑顔をつくった。だけど、心のなかでは、天国のおじいちゃんに即座にお祈りをした。気持ちが通じるように強く強く。

「おじいちゃん。どうかどうか、天国からるり姉を守ってください。病気が一日も早く治るようにしてください。お願いします。お願いします。天国のおじいちゃん！」

カイカイは仕事を休むか、半休を取っているかしてるみたいだった。

「るりちゃんのそばに少しでも長く居たいんだよ」

と、照れもせずに、年頃のあたしたちに向かって言った。それを聞いたあたしは、からかうこともできずに、なぜだか気持ちがしんとして、鼻の奥がつんとした。

病院の廊下で会ったカイカイに、みやこが「早くるり姉の病気、治してよね」と、いつもカイカイに対してそうするように、怒った口調で言っていた。残酷なことを言う、とあたしは思った。カイカイは「そうだな」と言って、みやこのくしゃくしゃの赤い頭に、やさしく手をのせた。

みやことカイカイと、どっちがつらいだろう。これまでるり姉と過ごしてきた年数や、恋愛感情、家族の愛情なんかを総合して考えてみる。

ばかじゃない、あたしって。そんな簡単なことで答えは出ない。出るわけない。だってじゃあ、母親であるおばあちゃんは？　姉であるお母さんは？　答えは簡単だ。

いちばんつらいのはるり姉に決まっている。


バイト代が出た。バイトしはじめて、すぐに締め日だったから、結局もらえたのは、八千七百六十六円だった。店長から手渡しでもらい、なんとかなんとかが差し引いてあるから、と言われた。よくわからないけど、端数があったからそのことだろう。

少ない金額だけど、これでるり姉になにか買ってあげようと思った。めざといみやこが、自分も参加する、と言って、二千円出してきた。それを聞きつけたみのりも五百円で仲間になることになった。

あたしたちは、るり姉にヴィンテージのTシャツと、E.T.の置物を買った。るり姉の好みはよくわかっている。るり姉がE.T.好きなのも、いろんなフィギュアを持っているのも知ってるし、ちょっとすすけた感じのTシャツが好きなのも知っている。

「きゃあ、かわいいTシャツ。この何べんも洗ったような色が好きなの。E.T.！　すごくうれしい。ありがとう、大事に飾っとくね。さつきがバイトして稼いだお金で買ってくれたんだあ。うれしい。みやこもみのりもおこづかいなくなっちゃったでしょ。ありがとうね」

るり姉の手に包まれた愛嬌のあるE.T.は、なんとなく神々《こうごう》しく見えた。きっと、このE.T.が宇宙の力で、るり姉の病気を治してくれると、あたしは心のなかでそう信じた。

「花火大会もうすぐだよ!」

みのりがたのしみでしょうがないように、るり姉に話す。

「去年さ、アニーも連れてったら、花火の音にびびって、ちょびっとおしっこ漏らしたんだよね。悲しげだったよ、アニー」

みのりの舌っ足らずな話し方に、るり姉は耳を傾ける。細い腕に点滴が痛々しい。るり姉、ついこないだまでダイエットに燃えてたのに。なんでよ、なんでこんなに痩せちゃったのよ。

「花火大会、大好き」

るり姉がつぶやくように言う。あたしは、ひと言も聞き漏らさないように耳を澄ませる。

「みやこの髪は、まっすぐでまっくろで、すごくきれいだったんだよ。みやこのつるつるの髪に触るの、好きだったの」

みやこは神妙な顔で、るり姉の話を聞いている。るり姉はただ、自分の気持ちをそのまま言葉にのせているみたいだった。

「みのりのバレーボールやってるところ見たいなあ」

みのりは元気よく「うん」と答えた。

「さつき、あれ、やって」

るり姉に言われて、あたしは「え？」とまぬけな声をあげた。

「あれってなに？」

「ほら、あの『キャンプだホイ』の歌。さつき、すごくかわいかったの。あれを見るとすごく元気が出たよ」

ああ、わかった、思い出した、『キャンプだホイ』の歌だ。あたしがまだ小学一年生だった頃に覚えた歌。

あんまり記憶はないんだけど、るり姉の前で、ぴかぴかの小学一年生だったあたしは『キャンプだホイ』を歌いながら、簡単な振り付けもして披露したらしい。そのあとずっと、あたしが高学年になってまでも、るり姉はあたしに「あれ、やって」と『キャンプだホイ』をせがんだ。あたしがしかたなくやってあげると、るり姉は一緒に歌い出し、でも結局最後は、るり姉が一人で歌って踊って満足するのだった。

何年かぶりのリクエスト。すっかり忘れてた。あたしが中学生になってからは、たぶん一度も言われなかった。るり姉なりにあたしを大人扱いしてくれてたのかな、と今さらながらに思った。

「あたしもそれ知ってるよ」

みのりが言って、さわりを歌った。

「山中湖にドライブに行ったの覚えてる？　さつきはまだ小学一年生で、学校で習ってきた『キャンプだホイ』の歌を、車のなかで一生懸命振り付けして歌ってくれたの。とってもかわいかった。涙が出るくらいかわいくて、あたし、すごくうれしかったんだよ」

るり姉は、そのときのことを思い出しているような遠い目をしていた。

みやこが「お姉ちゃん、歌ってよ」と小声であたしをつつく。もちろん、あたしだって、今ここで大きな声で歌えたらいいと思う。だけど、そんなことできない。だって高校一年生だよ。しかもこんなところで、二人の妹が見てる前でできるわけがない。

みのりが小さな声で『キャンプだホイ』を口ずさんだ。るり姉は目をつぶって、

「……なつかしいな」

と、つぶやいた。そして、そのまま眠ってしまった。みのりは「るり姉、寝ちゃったの？」と不思議そうな顔をしてたけど、あたしとみやこは、ちょっと疲れさせすぎたと思って、反省した。

「お姉ちゃん、なんで『キャンプだホイ』やってあげないのよ。るり姉は、お姉ちゃん

の『キャンプだホイ』が聞きたかったんだよ。ケチだね。なに気取ってんのよ。サイテー」

病室を出てからみやこに嫌味ったらしく言われて、カチンときた。

「あんただって、その頭どうにかしなさいよ。みやこの昔の、つるつるの髪の毛触りたいって、るり姉言ってたじゃない」

あたしたちは二人で鼻息を荒くして、そして、お互いになんとなく心に思うことがあった。

花火大会の日、るり姉の外出許可は下りたものの、人ごみはNGということだった。だから、あたしたちは先生にうんとお願いして、屋上を使っていい許可をもらった。本当は、屋上は出入禁止らしい。じゃあ、なんで屋上なんてものがあるの？　と思ったけど、それを聞く前に、やさしい主治医の女の先生は、病院のえらい人に許可をもらってくれた。うちのお母さんが看護師っていうことも少しはあったみたいだ。ちょっとだけお母さんを尊敬する。

おばあちゃんとお母さんは、るり姉が食べられるように、うんとかわいいおにぎりをつくった。焼き鳥や唐揚げの代わりに、プリンやヨーグルトを用意した。

カイカイはるり姉を気遣って毛布を持ってきた。車椅子に乗ったるり姉は、まるで子どもみたいだった。カーディガンの下にはあたしたちがプレゼントした、アメリカの大学のロゴが入った、色あせたえんじ色のＴシャツ。

るり姉はほとんどしゃべらなかったけど、るり姉の小さな動きで、カイカイにはるり姉がなにを思っているのか、なにをしてもらいたいのかがわかるようだった。

あたしたちは、小さな折りたたみ式の椅子に座った。カイカイとおばあちゃんは座らないで、るり姉のそばに立っていた。

ドーン！　という派手な音。一発目の花火が上がった。金色のちかちか花火！　川原で見るのとは違って、花火はちょっと遠かったけど、どこから見たってきれいだ。るり姉も目を細めて見ている。

カイカイは少しでもるり姉が楽なように、少しでも安心していられるように必ず身体のどこかを、るり姉に触れさせていた。カイカイってやさしいんだなって思った。そして、カイカイみたいな人と結婚できたらいいなと、ほんの少しだけ思った。

それからふと、まあ兄を思い出した。結婚したらしいよ、と前にるり姉から聞いたことがあった。まあ兄は、るり姉が病気になってしまったのを知っているのだろうか。知らないとしたら、すごく薄情な気がした。

「すごーい！　見て見て、今のハート型だよ。あっ、今度は星だよ！」

みのりがはしゃいでいる。あたしもみやこもところどころ歓声をあげた。

病院の屋上から見る夜空はとても広くて、花火はここから見える大きな空の、十分の一くらいを使っているだけだった。眼下には、るり姉の住んでいる町が広がっている。たくさんの家の明かりが見える。数え切れないほどの家があって、そのひとつひとつに誰かが住んでいるんだと思うと、なんだかこわいような、それでいて安心するようなへんな感じだった。

あたしは『キャンプだホイ』を何気なく口ずさんでいた。声に出してみたら、思いがけずたのしくて、うろ覚えの振り付けまでやってみることにした。隣にいるみやこが驚いたような顔であたしを見て、それから二人で折りたたみ椅子に座ったまま、歌った。みのりが「あたしも」と言って参加して、三人で歌った。お母さんも参加した。おばあちゃんも笑いながら一緒に歌った。小さい頃に、あたしたちとるり姉がいつも歌ってたから、おばあちゃんも覚えてるんだ。

色とりどりの花火を見ながら、あたしたちは愉快な気持ちになって『キャンプだホイ』を歌った。三番まで繰り返して何度も歌った。ぜんぜん飽きなかった。るり姉も一緒になって口を動かしていた。

何度もしつこく繰り返してたら、そのうちカイカイも歌いだして、おおげさな振りまでつけて動きまわるから、あたしたちはおもしろくて、涙を流して笑った。

キャンプだホイ　キャンプだホイ　キャンプだ　ホイホイホーイ
キャンプだホイ　キャンプだホイ　キャンプだ　ホイホイホーイ
はじめて見る山　はじめて見る川　はじめて泳ぐ海
今日から友だち　明日も友だち　ずっと友だちさ

キャンプだホイ　キャンプだホイ　キャンプだ　ホイホイホーイ
キャンプだホイ　キャンプだホイ　キャンプだ　ホイホイホーイ
はじめて見る鳥　はじめて見る虫　はじめて遊ぶ森
今日から友だち　明日も友だち　ずっと友だちさ

キャンプだホイ　キャンプだホイ　キャンプだ　ホイホイホーイ
キャンプだホイ　キャンプだホイ　キャンプだ　ホイホイホーイ
はじめてあう人　はじめてうたう歌　はじめてつくるごはん
今日から友だち　明日も友だち　ずっと友だちさ

はたから見たらばかみたいに飽きることなく、何べんも繰り返して合唱した。こうしてずっと歌ってたら、るり姉の病気が治るような気がして、心をこめて歌った。きっとみんなもそうだったと思う。歌えば歌うほど、『キャンプだホイ』が、るり姉の悪い病気を吸い取ってくれて、それが花火になって、パッと散っていく気がした。

るり姉は夜空を見ながら聞いていた。あたしの小学一年生の頃を知っているるり姉。山中湖へ行く、車のなかのあたしを思い出しているのかな。

るり姉。絶対、治るよ。絶対治るからね。どうか、どうか神さま、仏さま。おじいちゃん、E.T.さま、花火さん、キャンプだホイの歌さん。るり姉の病気を早く治してください。お願いします。

天に近いせいか、願いがちゃんと届いたような、そんな気がした。

盛大な花火がいくつも重なって打ち上げられ、最後は、柳みたいな天の川みたいな、金色の糸がさらさら流れるみたいな花火で終わりだった。あたしたちはみんなで大きな拍手をした。

「ああ、たのしかった。みんなどうもありがとう」

るり姉の大きな目には涙がたまって、きらきらしていた。もちろん、あたしは泣きたいのを我慢した。

「さつき、キャンプの歌、ありがとね」

たのしかったね、とあたしはるり姉の手を握った。

「るり姉」

みやこが声をかけて、るり姉はみやこの目を見つめた。

「あたしさ、髪の毛黒くしてストパーかけるから」

あたしはびっくりして、みやこを見る。るり姉は唇の端を少しだけ持ち上げて笑って、腐った赤キャベツ、と小さな声で言った。

「たのしみにしててね」

と、みやこが真顔で言う。るり姉はうれしそうにうなずいた。

カイカイもおばあちゃんも泣き笑いみたいな顔をしていて、あたしまでまたやばくなったから、重力に逆らうように顔を夜空に向けた。そしたら、みやこも真似して、みのりも同じようにした。つられるように、カイカイもお母さんもおばあちゃんも夜空を見上げた。まるで、みんなで祈りを捧げているみたいだった。

ぼんやりといくつかの星が見えた。あたしは大きく息を吸い込んで、ゆっくりと吐き出した。大丈夫。みんなの祈りは、絶対届くはず。だって、るり姉だもん。るり姉だよ。願いは叶うよ。大丈夫に決まってる。

みのりが『キャンプだホイ』をまた歌いだした。こうしている間にも、時間が目の前を通り過ぎてゆくのが不思議だった。

第二章　けい子——その春

春の人事異動で病棟が替わった。当たってる。正月に帰省した実家で、るり子が言ってたとおりだ。

——お姉ちゃん、今年は最悪な星回りだよ。気を付けなよね。

なにそれ？　と、すぐさまるり子に自分の運命星なるものを聞いて、そのよく当たるという著名な占い本を買いに本屋へ走り、レジの前に平積みになっていたそれを手に取った。本屋が元旦から開いていることに感心して、驚くほど多くの客が店内にいることに感嘆した。

さっそく読んだ。ひとつもいいことが書かれていない。ひどく落ち込んで、こんなことを教えたるり子に少し文句を言った。

「ただ気を付けろってことだよ。無茶するなってこと」

確かにそうかもしれないけど。

これまでいた西3病棟には十一年間勤めた。まさか異動があるだなんて。東2病棟は、「悪く」て有名だ。それに、この春から六年生になったみのりのバレーボールが本格的になりだして、すでに振り回されている。地域のスポーツチームだけど、母親たちのパワーがすごい。レギュラーがどうの、監督の力がどうの、おそろいのジャンパーをつくるがどうの、由美ちゃんちのお母さんがコーチに贈り物をした云々、咲ちゃんちのお父さんと監督は遠い親戚云々。

さつきが今年から高校生になって、ようやく少し楽になるかなあと思ったら、みのりのバレーボールに病棟変更か。みやこは相変わらずひどい髪の色だし。占いもばかにできない。

「渋沢さん、二〇六号室の青山さんのバイタルお願い」

昼食後早々、主任が看護日誌に目を落としたまま言う。

「なにかありましたか」

「先ほど他害があり、しかたなく拘束しました。安定剤を打ったので、今はもう落ち着かれてると思います。バイタルお願いします」

他害に拘束に安定剤か。他害というのは、その名のとおり他人に害を及ぼすということだ。はいはい、と思わず口に出しそうになって、「はい」ひとつで止めた。やりかけの仕事があったけど、主任が見ているので、そのまま二〇六号室へ向かった。

「青山さーん。いかがですか」

青山さんがこっちに顔だけ向ける。

「……ひどいよ」

か細い声で言い、うおんうおんと泣きはじめる。

「大丈夫ですよ、青山さん。なにも心配ないです」

記録には、隣室の患者に暴行と書いてある。青山さんはグーで鼻を殴るのが得意だ。ベッドにくくりつけられているベルトと、腕とベッド柵をしばっている拘束帯を外す。

うおーんうおんうおん　うおーんうおんうおん
五十四歳、男性、二年前に他院より転院。

うおーんうおんうおん　うおーんうおんうおん
病名、アルコール依存症。てんかん発作あり。うつ的傾向あり。他害のほかに自傷行為もある。

青山さんは手で顔を覆い、子どものように泣きじゃくる。五十四歳というと、うちの父親が亡くなった歳だ。

「大丈夫ですよ。なにも心配ありません」

しばらく様子を見て、ちょっと落ち着いて泣きやんだところで起こす。

「体温測ります。体温計わきの下に入れますよ」

パジャマの襟ぐりを少し広げて体温計を差し込む。

「ひゃっ」と叫んだのは青山さんで、「って」とあごを押さえたのはわたしだ。痛いよ、痛い。青山さんの腕がぶつかった。舌噛んだよ。鉄の味がする。

「ごめんなさい、体温計冷たかったですか」

これはあとで口内炎になるな、と悲しく思いながら、青山さんにできるだけ穏やかにたずねる。青山さんはおびえた顔でわたしを見ている。

「じゃあ、自分で測ってください」

体温計を手渡すと、素直に受け取り、何事もなかったように検温をはじめた。東2病棟いまだ勝手がわからず。ああ、西3病棟が懐かしい。朝礼で、患者さんたちと一緒に歌った『おどるポンポコリン』は今いずこ。

「はい、いいですよ。貸してください。ええっと、三十六度七分ですね」

青山さんはぶたれた子犬のような表情でわたしを見ている。そんなにわたしの顔がこわいのか。わたしは、あくまでも自分の思い込みのなかだけで、聖母マリアのような微笑みをたたえながら、血圧と心拍数を測った。

「少し休んでてくださいね」

聖母マリアがしごくやさしそうに声をかけても、変わらず青山さんは、ぶたれて蹴られて人生ならぬ犬生に絶望した子犬のように、おどおどとわたしを見ていた。そのまま

二〇六号室をあとにして、ドアを閉めたとたん、
うおーんうおんうおん　うおーんうおんうおん
というさびしげな子犬の声が聞こえた。こっちが泣きたい。

「ただいまー」

応答なし。返事なし。

ウオンウオンウオン、と出迎えてくれたのは駄犬アニー。青山さんの泣き声と、似てなくもない。

「はいはいはいはい」

うるさいから、とりあえずエサをと思ったけど、まだエサの時間よりも一時間も前だったからやめた。水だけ足してやる。

えっと、今日は何曜日だっけ？　みのりはバレーボールか。あれ、今日、うちが迎えに行く日だっけ。慌てて冷蔵庫に貼ってあるバレーボールのお迎え表を見る。今日じゃなかった。明日だった。セーフ。

炊飯器をのぞく。からっぽ。ひからびた米粒がへばりついている。洗ってもない。冷蔵庫のなかを見る。キャベツ半分。ニンジン一本。卵半パック。納豆一パック。タマネギとジャガイモは廊下のダンボールのなかにいくつか転がっている。

アニーが口のまわりをべちょべちょにしている。長い毛が濡れてみすぼらしい。拭いてやろうかと思うが、見て見ぬ振りを決め込む。

「ちょっとお、さつきー、みやこー、いるのお?」

ふつうに歩いているのに、どすどすと音が響くのはなぜだろうと思いつつ、さつきの部屋のドアを開ける。

「いるなら返事くらいしなさいよ」

ベッドに寝転んだまま、さつきがマンガを読んでいる。

「あー、おかえり」

顔も上げやしない。

「お米研いどいてって朝頼んだでしょ? 流しの洗い物もそのまんまじゃん!」

無言。無視。

「ちょっと、聞いてんの! さつき! 少しは手伝いなさいよ!」

「っさいなあ。ヒステリー」

そう言って、ようやく顔をこっちに向ける。お母さんやるり子には、さつきが最近とみにわたしに似てきたと言われる。顔やしぐさがそっくりだと。自分ではよくわからない。

「お母さん。どうでもいいけど、またズボンのチャック開いてるよ。いいの、そんなんで？」

目線を落とすと、見事に丸開きだった。息を止めてチャックを上げる。それを見て、さつきが、はーあ、とため息をつく。

「みやこはまだ帰ってきてないの⁉」

「知らないよ。あたしにばっかり聞かないでよ」

「お米研いどいてよ、今日の当番はさつきでしょ。買物行ってくるから」

無言。無視。

「返事しなさいよ！　わかったの！」

「……はいはい」

ドアが乱暴に閉められたあと、部屋から「ばばあ」という小さな声が聞こえた。ドアを開けて怒ろうと思ったけど、もう面倒だからやめた。疲れた。今日も。

ああ、仕事帰りに買物行ってくればよかった。ここの駐車場はリフト式だから、自分の車が上にあると、下に来るまでけっこうな時間待ってなきゃいけないんだよなー。あーあーあ。

ソファーにどすっと身体を横たえる。このまま眠ってしまいたい。眠い。眠い。眠い。

「……ちょっと、お母さんってば！」

うるさい。なんだよ、誰だよ。あ、やばい。メガネかけたままだ。

「お母さんってば、なに寝てんの？　買物行ったんじゃなかったの？」

あっ？

「今何時？」

「六時半」

「えっ⁉」

「ご飯炊けたよ。ったく、こんなとこで寝てたなんて、ぜんぜん気が付かなかったよ。気配消しすぎ。おかずなにかあるの？」

わたしはへんな格好のまま凝り固まった身体を、ぎくしゃくと動かして起き上がる。みしっみしっと骨の鳴る音がする。

「みやことみのりは？」

「まだ帰ってない」

おっそいなあ、とつぶやいてみる。さつきが、すかさず「おかずは？」と聞いてくる。

「冷蔵庫に卵があるはずだ」

と、人差し指を立てて答えると、さつきは「もうやだー」と本気の嫌な声を出した。

「ただいまー」

みのりの声だ。

「お腹空いたー。お腹空いたー」

歌うように言いながら、洗面所でうがいと手洗いをしている音がする。ふて寝していたアニーが突如慌しくなる。

「お母さん、さつき姉ちゃん、聞いてー！　今日、はじめてサービスエース取れたの！　なんか知んないけど、ボールが急に曲がったんだよ！　すごくない？　ねえ、すごくない？」

みのりがアニーを抱き上げながら、本日の報告をする。

「今日の夕飯、卵かけご飯だよ」

さつきが、みのりの気を削《そ》ぐようなことを言う。

「お母さん、買物行かないで居眠りしてたんだよ」

余計なことを言わなくていい。

「ねえ、ねえ、サービスエースだよ。すごくない？　ねえ、すごいよね」

みのりは卵かけご飯でもいいみたいだ。

「うん、すごいよ。すごい。よかったよかった」

笑顔でみのりの健闘を讃《たた》える。みのりは満面の笑みだ。やっぱり小学生はまだかわいい。さつきは憎々しい様子でわたしを見ている。ったく、買物行かないでソファーで寝てただなんてね、としつこくブツブツ言っている。

「お腹空いたよー」

みのりが冷蔵庫を勢いよく開ける。

「だから、卵かけご飯だっつーの。聞いてなかったの?」

みのりはきょとんとしている。

「ねえ、お母さん。明日は給食ないよ。お弁当だよ。野外活動だから。前、言ったよね。覚えてる?」

みのりが慌てた様子でたずねる。お弁当だと? やばい。忘れていた。今日の夕飯は卵かけご飯でもいいけど、明日の弁当はさすがにまずいだろう。コンビニの弁当じゃ、いくらなんでもかわいそうだろうか。いやクラスに何人かはいるだろう。母親のみんながみんな、はりきって弁当をつくることはないだろう。

「ひどーい。みのりがかわいそう。明日はお弁当なしだよ」

さつきが余計なことを言って、みのりが泣きそうな顔をする。ちっ。

「うるさい、うるさいうるさい! 今から買物行ってくるから!」

そう言いながら車のキーを探す。鍵の音にアニーが反応する。置いてけぼりか、一緒にお出かけか、そのどちらにしてもウオンウオンと騒ぐ。

あれ? 鍵、さっきどこに置いたっけ。カバンの中身をぶちまける。ポケットを裏返しにする。だっらしないなあ、と不機嫌なさつきがつぶやく。

「もしかして、これ探してるの?」

みのりがソファーのくぼみに落ちていた車のキーを拾い上げる。この子は、探しものが得意だ。目がいいのだ。いつも感心する。

「そうそう、それよ、それ。ありがと。ちょっと行ってくるわ」

この辺りは、マンションの密集地のくせに、近隣にスーパーというものがない。コンビニじゃ事足りない。ジャスコまで行くには、歩きだとちょっとかったるい。荷物があればなおさらだ。家族四人で乗り回していた九千八百円の自転車は、この前盗まれたばかりだ。

「あたしも一緒に行くー」

と、今では誰も言わない。ちょっと前までは、買物に行くというと「行きたい行きたい」と言って、大騒ぎしてたのに。

「ふん」

鼻息を荒くして玄関を出ると、みやこがドアの前に突っ立っていた。おっと、とたじろぐと、

「げっ、ちょ、びつくり」

と、わけのわからない言葉を発したまま、顔も上げずに携帯でテトリスをやっている。いつまで経っても見慣れない赤い頭。もう何万回注意したかわからない。

「どこ行くの」

こちらを見もしないで、打ち込みしながら聞いてくる。器用な娘だ。

「ジャスコ」

ふうん、と鼻で答えつつ、うちのなかに入ろうともしないで、ドアの前に立ったまま、ゲームに没頭している。みやこの前を通り過ぎる。通路の曲がり角で振り返ったら、まだ同じ格好のまま携帯をいじっていた。我が娘ながらあやしすぎる。

立体駐車場といってもお粗末なものだ。わたしの水色のマーチちゃんはいちばん上の三段目、はるか遠くに行ってしまっている。赤いボタンを押してしばらく待つ。大変時間がかかる。ボタンは押しっぱなしにしていないといけない。かったるい。

ようやくスギ花粉の時期が終わったかと思うと、次はブタクサだ。もうじき来る梅雨が明けたあとのことを考えると、鼻がむずがゆくなる。ああ、ついこないだ正月だった気がするのに、なんという月日の早さよ。

「おっかあ、おっかあ、おっかあってば」

ボタンを押したまま振り返ると、みやこが、てれてれとこっちに歩いてくる。薄暗くなった空にも、みやこの髪の色はなぜか映える。

「あたしも行く」

制服のままだ。待ってるから着替えてきなさい、と伝える。やだよ、めんどくさい、と言いながらも、わたしのひとにらみですごすごと戻っていった。赤い頭と中学校の制服が、まったくのミスマッチだということになぜ気が付かないのだろうか。あんなんでジャスコに行ったら、大変な目に遭うのはこっちだ。

マーチちゃんがようやくお目見えした。やれやれだよう、とわざと声に出して、指で頬をなぞり涙が流れた様子をつくる。マンガだとさしずめ「ダー」と涙が棒状に流れている感じか。

「おかーさーん」

みのりがこっちに走ってくるのが見える。そのうしろを、上着を頭にかぶったままのみやこがちんたらついてくる。ちゃんと着替えてから来ればいいのに。しかも、いつもあのぶかぶかのナイロンジャージ上下。同じようなぶかぶかジャージの黒と白をいくつか持っていて着回している。さつきが言うには、ヤンキー仕様らしい。

「みのりも来たの？」

と聞いてみると、うん、と元気のいい返事が返ってきた。

「さつき姉ちゃんも行くって」

見れば、さつきがわざとあっちにぶつかりこっちにぶつかりしながら、のそのそとやってくる。

「きっと外で食べることになるなあ、と思ったから来た」

さつきがぼそりと言う。ああ、この状況はおそらくそうなる気配。不経済だけど、しかたない。

「ねえ、車のなか、少し片付ければ？」

発進したとたんに、さつきが窓を全開にする。「へんな臭いもするし」と付け足す。

みやこはニヤニヤと笑っている。

「へんな臭いなんてしないよー。アニーの臭いだよ」

みのりがフォローしてくれる。末っ子というのは如才《じょさい》ない。ああ、でも明日はみのりのバレーボールのお友達を送っていかなければならないのだった。いつの間にこんなに汚れたんだろう。早急に片付けなければ。

ジャスコ。もうちょい先まで行けばイトーヨーカドーもあるけど、近いほうを選ぶ。もっと手軽なスーパーマーケットがなぜないのだろうか。実家の近くには、歩いて五分もしないところに三つもスーパーがあって、毎日生鮮食品を特価で売っているというのに。

「ちょっとー、すごい曲がってるよ。これじゃ出られないじゃん」

さつきがなにかにつけて癇《かん》に障る言い方でつっかかってきて、ホントに出れねえー、とみやこがげらげら笑う。車庫入れは得意ではない。しかたなく、もう一度前進して切り返す。

「あぶない！　ぶつかる！」

前をおじいさんが歩いていた。あやういところでセーフだったが、おじいさんは憤慨した様子でこちらを凝視している。すみません、と聞こえないのはわかっているが声を出して謝り、頭を下げる。助手席のみのりも一緒になって頭を下げる。如才ない。

「年寄りをひき殺すところだったね」

みやこが笑いながら不吉なことを言う。ハンドルを切ってやり直す。

「ほんっと、車庫入れ下手だよね」

今日のさつきはいつも以上にひと言多い。なんとか車を停めて、店内に入る。

「お腹空いたよ」

みのりがわたしの手をひっぱる。

「なにが食べたいの？」

「なんでもいい」

「さつきとみやこはなにがいい？」

さつきがチーズハンバーグと言い、みやこがラーメンライスと、本気だか冗談だかわからないことを言う。

「あたしね、やっぱ、ミートソーススパゲッティ」

みのりが言い、結局ファミレスに入る。五階はレストランフロアになっている。まずはそこへ向かう。

ああ、たまにはうなぎが食べたい、と思って、うなぎ屋の扉を開けようとして、みのりに「こっちだよ」と指摘される。そうだ、ファミレスだった。

「なに、ぼけっとしちゃってんのさ。もしかして認知症がはじまったんじゃないでしょうね」

さつきのことは、もう今日は無視しよう。

「みのり、うなぎの腹割《さ》くの見たことある?」

みやこがニヤニヤしながらみのりに聞き、続けてグロい説明をはじめる。みのりは切なそうな顔で聞いている。うなぎ嫌いにならなきゃいいけど、と思うけど姉妹で勝手にやりなさい、と思い至る。

メニューが来て、さつきはろくに見もしないで、チーズハンバーグとライス、と言う。みのりはシーフードグラタンに宗旨《しゅうし》変えし、みやこはおもしろくもなさそうにメニューをぺらぺらめくるだけめくって、冷やしつけ麺にした。昔からみやこは食が細い。わたしはなんだか猛烈にお腹が空いてきて、ビーフシチューのデラックスコースを頼んだ。

「リッチすぎるよ。不経済」

と、さつきが言うけど無視する。日夜働いてるんだからいいんだ、と自分に言い聞かせる。

「お母さん、今日、『花とゆめ』の発売日だよ」

そう教えてくれたのはみのりだ。すっかり忘れていた。聞いたからには読まなくてはならない。

「おねえさん来たら注文しといて。ちょっと本屋行ってくるわ」

確か四階に本屋があったはずだ。

「うっそでしょう？　信じられなーい」

さつきの声が遠くで聞こえた。

「花とゆめ」のページをめくりながらビーフシチューを頂けるとは、なんという幸せよ。そんな母親の姿を見て、さつきは、「まったく、嫌んなる！」と、しつこく文句を言っていたけど、もちろん無視というか「花とゆめ」に集中する。「花とゆめ」とは、かれこれ二十八年の付き合いである。新規参入しては脱落してゆくマンガ雑誌のなかで、「花とゆめ」だけはいつだってわたしに寄りそっていてくれた。

今でこそオタクは認知され重宝がられているが、自分が中高生の頃はただ不気味がられていただけだった。仕事帰り、アニメイトにときおり寄り道していることは、まだ娘たちにばれていないだろう。ああ、十代の頃、地元にアニメイトがあったらなあ、マンガ喫茶があったらなあ、まんだらけがあったらなあ、とねちっこく思う。

途中みのりが、本日のサービスエースについて熱く語るので、うんうんと相槌を打つ。今日の出来事をただ口に出せれば満足らしく、「ちゃんと話を聞いてよ」などの注意を受けることなく「花とゆめ」に集中できて良し。

静かすぎるみやこをちらっと見ると、麺を器用にも一本二本箸にとり、それを汁につけ、のんべんだらりと口に運んでいる。この子の食べ方は、ちっともおいしそうではない。

さつきはといえば黙々とハイスピードで食べている。さつきは昔から早食いだ。バレーの話に夢中で手の止まっているみのりのシーフードグラタンのエビを、さつきがつまみ食いしたとかしないとかで、ちょっとした言い争いがはじまっている。

「きもっ」

何度目かの「きもっ」だったらしい。気付かなかった。どうやらわたしに向かって言っているみたいだ。

「なによ」

「お母さん、マンガ読みながら笑うのやめてよ。ここ家じゃないんだからさ」

「え、笑ってた？」

笑ってたよー、と三人が声をそろえる。

「それにさ、なんで気付かないのかなあ。考えられないよ」

さつきの言葉に、みやことみのりが爆笑する。

「今度はなによ」

うるさいので、しかたなく顔を上げる。

「それさ、お母さんが今パンにつけてるやつ。それ、ビーフシチューじゃなくて、みやこのつけ麺汁だっつーの」

見ると、パンですくい取っていたのは、ビーフシチューではなく、四川風のピリ辛つけ麺汁だった。ああ、そういえばなんか味が違うと思った。

「いくらなんでもマンガに集中しすぎじゃない？」

「っていうか、なんでわたしの前につけ麺汁置くのよ。ビーフシチューのお皿返しなさいよ」

ニヤニヤしながら、みやこがビーフシチューの皿をこちらに差し出す。昔からみやこはいたずらが過ぎる。パンだけをさっさと食べきってしまったので、残りのシチューをスプーンできれいにすくう。家だったら皿をなめているところだ。

「デザート頼んでいいの？」

みのりの遠慮がちな声に、思わず「いいよ」と言ってしまった。初のサービスエースのお祝いだ。今日はまったく不経済な日だ。

「メニューください」

ミニスカートをはいた、わたしよりも年上であろうウエイトレスが、笑顔でメニューを持ってくる。うしろ姿にビームを送っておく。

「あたし、これ」

と、さつきが指したのは、こってりとチョコレートソースがかかったスペシャルなんとかというやつだ。

「太るよ」

思わず言ってしまったら、「お母さんに言われたくない！」と本気で凄まれた。食べ盛りだ。さつきは最近にわかに肉付きがよくなってきた。わたしは生まれてこのかたずっと食べ盛りで肉付きもいいけど。うっ、自分で思って悲しくなる。

みのりはフルーツのミニパフェ。みやこはイチゴシェイクを頼んだ。

「この娘《こ》たちって、本当に口がきれいだよね。絶対に、自分が食べられない分は注文しないもの」

いつかるり子が言ってたっけ。確かにそうかもしれない。注文して、残すことは許さなかった。その点のしつけだけはどうやら成功したようだ。

「あたしなんかさ、もうお腹いっぱいなのに、ただ目で食べたいだけなの。で、注文しちゃって、結局は無駄に残しちゃう。バチがあたるよね」

るり子は、好きなものだけを好きなだけ食べる。昔から。あっそうだ。イチゴシェイクで思い出した。

「今度るり姉がイチゴ狩り連れていってくれるってよ」

三人が一斉にこちらを向く。

「いつ?」

「ゴールデンウィーク中のどこか」

へえ、だの、ふうん、だのと言いながら、娘たちはやたらとうれしそうだ。

結局わたしはデザートをやめ、ノンアルコールビールを頼んだ。グラスビールを注文しようとしたところ、さつきに叱られ断念したのだった。濃い味付けに喉が渇いていたのか、一気に飲み干して娘たちに呆れられた。


「あら? 渋沢さん」

買物途中で、主任にばったり会ってしまった。へんな汗が一気に噴きだした。

「お子さんたち?」

みのりが「こんにちは」と言い、さつきが軽く頭を下げる。みやこは、興味深そうに主任のつま先から頭のてっぺんまでを眺めている。もしや、ガンをつけてるのか。みやこのまっかな頭が気になったが、今さらどうしようもない。

べつにここで会ったからといって、会話がはずむわけもなく、主任は適度な距離を保ちつつ、フェイドアウトしていった。主任はわたしのことが好きではない、と思う。むろんわたしも主任のことを好きではない。仕事をするのに好きも嫌いも関係ないのだが、どうにもしっくりこない。

「○○さん、どんな様子でした？」

「変わらずです」

「変わらず、という表現はよくないですね、渋沢さん。絶対になにか変わっているはずです。少しの変化も見逃さずに報告してください」

「ああ、そういえば、靴下をはきかえたようです。茶色から黒になってました」

と、○○さんの様子を懸命に思い出して伝えてみるが、それ以上主任はわたしに話しかけてこない。同僚も見て見ぬ振りをしている。なんだかいつもこんなふうにちぐはぐな調子だ。主任と話すと、妙にテンパッてしまうのだ。見えないところでビームを送っているのがばれたのだろうか。

「だれ？　いまのばばあ」

みやこが赤い髪のなかに手を入れ、ボリュームを出したいのか、さらにモサモサさせながら聞いてくる。まるで、はすっぱな娼婦みたいな手つきだ。いつの間にかガムをかんでいる。態度が悪い。

「職場のえらい人」

と答えた瞬間、みやこが「くっそばばあ！」と思いもよらないでかい声で叫んだ。近くにいた買物客は何事かと思ってこちらを見る。主任はここからずいぶん離れた鮮魚コーナーにいたにもかかわらず、こちらを振り返った。知らん顔を決め込む。

みやこは声をあげて笑っている。はたしてここはスーパーなのか病院なのか。この赤い髪の子どもは娘なのか患者なのか。

「お母さんお母さんっ！　大変！」

さつきがどこからか、すっ飛んできた。さっきまで一緒にいたのに、いったいどこから走ってきたのか。

「みのりが頭ぶつけた！」

は？

「なに、どこで？」

「スーパーの入り口のところ。血が出てる！」

うっそ、とみやこが言いながら、入り口へ向かう。わたしもあとをついていく。

そこにはちょっとした人垣ができていた。「どけよ」とみやこがおばさんたちを一喝《いっかつ》する。うずくまっているみのりに近づく。

ハンカチで額を押さえている。黄色いハンカチはほとんど真っ赤だった。上着にも血がついている。

「大丈夫ですか？　救急車呼びますか？」

誰かが店員を呼んでくれたらしい。スーパーのエプロンをつけた、人の好《よ》さそうなおにいさんが声をかけてくれる。

わたしはハンカチを取って、注意深く傷口を見る。痛いよう、とみのりが情けない声を出す。傷は深くないようだ。これぐらいなら縫わなくても平気だと判断する。

「大丈夫です。家に連れて帰りますので」

店員に伝えるが、血の量が多いのでおにいさんは不安そうだ。

「この人、おっかあ。で、看護師だから」

みやこがおにいさんに向かってぶっきらぼうに言う。あっ、ああ、なるほど、などと言いながら、おにいさんは納得したようだ。パイプ椅子を二つ持ってきてくれて、「落ち着くまで座っていてください」と言ってくれた。気が利くことにおにいさんは、救急箱まで持ってきてくれた。

パイプ椅子に座ったみのりの頭を膝に載せ、消毒を済ませる。痛いよう、とみのりがしょぼくれた声で言う。

「いったいなにしてたの。どこにぶつけたの」

そこ、とみのりがスーパーの入り口を指差す。箱詰めの果物を載せてある鉄枠の棚だ。

「みのりがうしろ歩きしながらしゃべってて、前向いたとたんに、その角にぶつかって倒れたの」

さつきが説明する。なんでうしろ歩きなんてするのか。大きなため息が出る。

「明日どこに野外活動？」

膝の上のみのりにたずねると、学校の裏山にスケッチ、という答えが返ってきた。まあ、それくらいなら行けるだろう。血はだいぶ止まってきた。

「でも、バレーは明日休んだほうがいいね」

うん、とみのりがしおらしく答える。ああ、でも他の子たちの送りがあるんだった。

「買物してこようか」

さつきが申し出る。みのりの流血事件で、機嫌が悪いことを忘れたみたいだ。

「お願い申す。牛乳と納豆とヨーグルトと鶏もも肉五百、あとなんか適当に青野菜買って。お弁当の冷凍食品もいくつか買っといて」

ラジャーと言って敬礼したのはみやこだ。二人で売場に向かう。

ああ、本当に今日はツイてない。なんという日だ。ほんとに今年に入ってからろくなことがない。正月にやった占い。当たってる。あーあ。


「昨日は大変でしたね」

開口一番、主任に言われた。なんだ、見てたのか、知ってたのか。

「おかげさまで軽く済みました」

よかったですね、と言われて頭を下げる。みのりは家に帰った後、泣きもしないで眠り、今日は大きな絆創膏を額に貼り付けて学校へ行った。

投書箱を逆さにして、中身の確認作業をする。今週はわたしが当番だ。四通入ってい る。いきなり「渋沢」という文字が目に入った。渋沢という名前はわたししかいない。二つに折られただけのそれを手にとる。

――渋沢かんごふはひどいキンムタイドだ。そんなジンザイをやとっていていいのでしょうか。今すぐクビにしてください。おねがいします。

なんだこれ。投書人の欄に「ちがさき」と書いてある。ああ、『茅ヶ崎ヒューヒュー』か、と納得する。ヒューヒューの奴、わたしが普段ほとんど無視してるのを根に持ってるな。

ここ東2病棟は、閉鎖病棟と結核病棟の二つが入っている。閉鎖病棟は、昨日の青山さんのような、アルコール依存症の人や統合失調症の人などが多い。

結核病棟というのは結核に冒されており、なおかつ精神疾患がある患者さんということとなる。言ってしまえば六割方がいわゆる路上生活者だ。衛生的ではない環境で長年過ごして年をとり、結核菌に冒される。

『茅ヶ崎ヒューヒュー』も、その患者さんたちの一人だ。半月ほど前、救急搬送されてきた。結核はともかくとして人格障害が顕著だ。人格障害にもいろいろな症状があるけれど、ヒューヒューをひと言で言うと、もうただ単に「超意地悪」に尽きる。たとえば、こんなことがあった。

「佐藤看護婦さんって、すごくやさしいんですよね。わたし、大好きなんです。とってもよくしてくださるし、笑顔もかわいらしいし。だから、こんなこと言うのは本当に心苦しいんですが、昨日、わたし見ちゃったんです。佐藤看護婦さんがね、あの車椅子の山田さんのね、肩のところをぎゅうっとつかんだんですよ。いえ、つかんだというより、つねったんです。山田さんは声をあげましたよ。さぞかし痛かったと思いますよ。ああ、でもきっとなにか理由があるのかもしれません。わたしはちょっと離れたところで見ていただけですから。佐藤看護婦さんに限ってそんなことありません」

佐藤さんというのは、まだ二十代のとてもかわいい、仕事もできるし人柄もすこぶるいい、看護師として申し分のない人だ。誰もがそんな話を信じなかったが、あまりにもしつこくヒューヒューが言うので、主任がさりげなく山田さんの肩を確認した。

はたしてそこには、つねられた痕が存在した。山田さんに聞いてみると、「佐藤看護婦にやられた」と言う。佐藤さんは「そんなことするわけないです」と言う。話は平行線だった。ヒューヒューがみんなに言いふらし、佐藤さんは真面目な性格が災いし、大変なショックを受けていた。気の毒で見ていられないほどだった。

佐藤看護師の、患者さんへの虐待疑惑の噂もようやく影をひそめた頃、山田さんが他の患者と話しているところを主任がたまたま聞いた。主任はとても耳がいい。

山田さんはヒューヒューから金をもらっていたということだった。金額は五百円。五百円のために、肩に強く痕が残るほど、ヒューヒューにつねられたということだった。たった五百円のために！　わたしたちは一気に力が抜けて、怒る気にもなれなかった。それにしても、ヒューヒューの奴、福祉の世話になっているというのにどこに金を隠していたのか。搬送されたとき、持ち物は何ひとつなかったはずなのに。

よくよく聞いてみると、五百円の元の持ち主も山田さんだったようだ。簡単な賭け事をやって、以前ヒューヒューに負けたことがあるらしい。

佐藤さんはこの話を聞いたとき、はじめてぽろりと涙を一粒こぼした。

そんな超意地悪ヒューヒューだ。浜辺で倒れているところを見つけられて、この病院にたどり着いた。もちろん身元不明である。

「名前は？」

と、聞いたところ「わたしの名前は、茅ヶ崎ヒューヒューです」としごく真面目に答えた。倒れていたのは茅ヶ崎の海岸である。何度たずねても同じだったので、しかたなく名札もベッドのネームプレートも『茅ヶ崎ヒューヒュー』と書いた。冗談ではない。本当の話だ。

その後、福祉の人たちの必死の努力で身元がわかり、本名が「木村カス」ということがわかった。「カス」という名前もどうかと内心思ってしまったが、それがれっきとした戸籍上の名前だった。

「なにか気になる投書が入っていましたか」

主任に声をかけられる。

「はあ、わたしをクビにしろ、とのことです」

主任は眉を少し持ち上げてから、ヒューヒューの投書を読みはじめた。

「他には？」

「他は、食事の味付けのことだけです」

残りの三通は、食事がまずいという投書だった。これはいつもたいてい入っている。

「渋沢さんは、これで三度目ですね」

どうにも答えようがないので、「はあ」とうなずく。

「なるべく木村さんに関わってあげるようにしてください」

とりあえず、また「はあ」と答えた。


廊下を歩いていると声をかけられた。

「いつ見てもきれいですねえ」

ヒューヒューだ。

「ありがとうございます」

主任に注意されたばかりなので、少しお相手をすることに決めた。

「あら？　やだわ。渋沢さんじゃないですか。人違いでした。あなたのことじゃないわ」

「そうですか。それでは失礼致します」

慇懃《いんぎん》に頭を下げる。と、頭を上げたところで、ヒューヒューが消えている、と思ったら、床に倒れているではないか。白目を剝《む》いて、口から泡を出している。

「どうしましたか？　木村さん、木村カスさん！」

脈は正常だ。これは本当なのか、演技なのか。何人かの看護師が慌てて来てくれる。

わたしたちは互いに顔を見合わせる。どうすべきか。

ヒューヒューのこの発作は、結局うそだったことが判明した。先生が来たところ、一気に正気に戻ったのだった。ヒューヒューの演技は見ものだった。先生が来たとたんに、白目をやめて静かに目をつぶった。口元を閉じ、寝入ったことをアピールして、それからたっぷり一分後、ぱちりと目を開けた。

「あら、わたくしは、いったいぜんたいどうしたことでしょう」

先生が去ると、今度は頭が痛いと言い出した。わたしに突き飛ばされた、と言い出した。わたしもうなにがなんだかわからず、本当にヒューヒューを突き飛ばしたような錯覚に陥った、というより、今ここで突き飛ばしたかった。

「ここ見てください」

と、ヒューヒューが髪の毛をかき分けて頭を突き出す。確かにコブができている。

「この人が押したんです。それで、そこの手すりに頭をぶつけて、その後意識がありません」

あきれて、思わずヒューヒューを抱えていた腕を放してしまった。こつん、と軽い音がした。今度こそ本当に床に頭がぶつかった。

「痛い痛い！　今の見ましたか？　さっきもそうやったんです。訴えます。虐待です、虐待。痛い痛い！　早く手当てしてください！」

いつのまにか主任もいた。始末書を書かされるはめとなった。


うちに帰ると、みのりがいた。

「今日、バレーの送り当番だよ。知ってた？　あたしも一緒に行くよ」

ああ、そうだ。もう忘れていた。みのりが参加しなくても、当番は当番だ。車のなかを片付けないと。

「おでこはどう？」

もうぜんぜん痛くないよ、とのこと。絆創膏を替えて消毒をしておく。

「車の片付け、あたしも手伝うよ」

昨夜の失敗を多少は気にしているのかもしれない。今日は時間があることだし、せっかくなのでそのままみのりを乗せ、洗車場へと向かう。

「すっごい汚いね」

本当だ。細かいごみやらティッシュやら紙くずやらアニーの毛やらが、そこかしこに落ちている。掃除機でザーッと吸い込む。洗車場の掃除機は吸い込みがよくて気持ちいい。みのりはCDの整理をしている。干からびたみかんの皮が出てきた。冬が恋しい、みかんが食べたい。

「あっ」

と、声をあげる前に自分で制し、気持ちの上だけで言った。写真が出てきた。なんで一枚だけここにあるのかな、と思ったら、二枚、三枚と出てきた。

昔るり子が焼き増ししてくれたものだ。写真に日付が入っている。九年前だ。車のほうが新しいのに、なぜこんなところに落ちているのか。きっとポケットアルバムから、この三枚だけ抜けてしまったのだろう。車を替えたときにちゃんと整理しないで、そのまま大きな紙袋に入れて放りこんだだけだったからだな、と自分のだらしなさに妙に納得する。

一枚目はるり子とまあくんのツーショット。二枚目は三人娘とわたしとお母さんとるり子。三枚目は渋沢家の元家族、つまりわたしと当時の旦那と三人の娘たち。

三枚目の写真に写っている男を眺める。なんの感傷もない。思い出そうとすると、むしろ忌々《いまいま》しい。今すぐ破り捨てたい。

「なあに、それ?」

みのりが目ざとく寄ってくる。面倒なので、一枚目の写真と二枚目の写真だけを見せる。

「るり姉だ」

と、それだけ言う。まあくんのことを「まあ兄」と言って娘三人で慕っていたけど、今はいないまあくんのことを口に出すのは子どもながらに遠慮があるんだなあ、と感慨深く思い、一枚目の写真を見せたことを後悔した。

るり子はまあくんと別れて、今はカイくんと結婚している。

「このときのこと、なんとなく覚えてるよ」

九年前みのりは三歳か。山梨に遊びに行った。ワイナリーを訪ねたが、試飲を繰り返したのはわたしとるり子だけだった。あのときの景色を思い出して、少しだけ懐かしく思った。みんながそろったのは、あのときだけだったかもしれない。けれど、そろっていたことイコール幸せとは違う。

「この子たち、こんな小さいのにすごい大人だよ。ぜんぶわかってるの。ぜんぶ承知したうえでしゃべってるの。すごいよね。あたしも見習わなくちゃ」

るり子が、いつか目をうるませながらそう言っていた。ごたごたしている時期に、るり子に娘たちを預かってもらった時期があった。あの子は昔からひどく感傷的な部分がある。

「いろんなものが出てくるね」

ボールペンのキャップやら、携帯ストラップ、十円玉や一円玉。チョコレートやキャンディの包み紙に、折り紙でつくった鶴とやっこさん。きりがなくなにかが出てくる。

みのりは父親のことを覚えているだろうか。聞いたことはない。聞こうとも思わないけど、るり子はそういうことを知りたがる。思ったことぜんぶを包み隠さず口に出すのは、昔からるり子のよくない癖だ。人の弱いところにもおかまいなしに、まっすぐな正直さで入り込んでくる。

三人娘は離婚後、誰一人として父親のことを聞いてこない。本当にるり子の言うように、ぜんぶちゃんとわかっているのかもしれない。それとも、あの頃のひどく険悪で暴力的な空気を覚えていて、無意識に拒絶しているのかもしれない。

「だいぶきれいになってきたよ」

わたしは写真をカバンに入れた。あとで捨てておこうと思う。

るり子がまあくんと別れた理由については詳しく知らないし、べつに知りたいとも思わない。

「まあくんと離婚することになったから」

と、五年ほど前、突然の電話でるり子から聞いた。

「そうなの？」

るり子は笑いながら「そうだよ」と答えた。

「ふうん、そうか」と言うと、

「それだけ？」と聞き返された。

「こんな重大な発表したのに、そんなあっさりした返事の人はじめてだよ。友達だって、お母さんだって、まあくんのお義母《かあ》さんだって、根ホリ葉ホリだよ」

そんなふうにるり子に言われたけど、これと言って聞きたいことはなく、いつも通りに電話を切った覚えがある。でも、離婚はちょっと意外だった。るり子とまあくん、とても仲良しに見えた。職場も同じだったし、買物でもなんでも一緒で、世の中には奇特な夫婦がいるもんだ、と実の妹ながら思ったものだ。

「そんな、特に大きな理由もなく離婚するなんて、とんでもないでしょ？　お互い少しぐらい我慢しなきゃ、夫婦なんてやってられないのよ。るり子なんてなんの苦労もしてないじゃない。向こうの親御さんと同居してるわけでもなし、子どももつくらないでぷらぷら遊んでばかりで。それで今度は離婚するだなんて、冗談じゃないわよ」

わたしの離婚に関してはなにも言わなかったお母さんが、るり子が別れるときは、うちに何度か電話をかけてきて文句を言ってたっけ。まあ、お母さんの気持ちもわからないではないけど。

あ、今ふと思った。あのとき、るり子はもしかしてわたしに聞いてほしかったのかな、と。

バレーボールの送りは何事もなく済んだ。みのりのいちばんの友達の唯ちゃんが、「車のなかがきれいになってる」と言って驚いていたけど、他の子たちは「どこがだよ」という顔で車内を見回していた。すかさず、みのりが「ふつうレベルになっただけだよ」と笑いながら、これまでの車の汚れについて話しはじめる。

わたしはみのりと友達の会話に耳を澄ます。こういうとき、ああ大人になったんだなと気付かされる。姉妹で話すときとはまた違ったみのりがここにいる。るり子がいたら、おいおいと泣き出してしまうかもしれない。

最後の一人を送ったあと、みのりが助手席に移動してきて「お母さん、ありがとう」と言う。如才ないと思いつつ、素直ないい子だ、と親ばかのように思い、棒状涙をダーダー流した。

看護師は、ゴールデンウィークもお盆休みも正月休みもないと言っていい。だからすっかりゴールデンウィークなんてものを忘れていた。るり子の言っていたイチゴ狩りのことも、またもや失念していた。

「あーっ！　忘れてた！」

というわたしの声は、電話の向こうのるり子にも聞こえたらしい。

「るり姉、今のでかい声聞こえたでしょ？」

さつきがわたしのほうをにらみながら、るり子としゃべっている。

「お母さんってなんでもすぐに忘れちゃうんだよ。あーっ、またズボンのチャック開いちゃってるよ。どうする、るり姉？　こんなんでいいの？」

子機を片手にわたしの股間を指差すさつき。みやこもわたしの股のあたりを見てニヤニヤしている。

「うるさい」

なんでいつもチャックが開いてるのか、と自分でも不思議に思いつつ、ジリリと上にあげる。ああ、ウエストがきついからか、と少し遅れて納得し、天井を見上げ、ううっと滂沱《ぼうだ》の涙を流すふりをする。そんなわたしをさつきが横目で冷ややかに見つめる。

「ほら、おかーさん。電話代わってってってさ」

さつきが子機をよこす。

「もしもしお姉ちゃん？　やだー、イチゴ狩り忘れてたの？　やだやだもう。で、いつが休みなの？　合わせるよ」

　連休中で病院を休める日を言うと、

「ふつうの会社は十連休だよ。だからいつでもぜんぜん大丈夫」

　と、るり子は快諾してくれた。

　姉妹というのは友達みたいで、連れ立って買物に行ったり、洋服の貸し借りをしたりなどという話を聞くけれども、実家に一緒に住んでいたときは二人で出かけることなんて皆無だった。服の好みも趣味もぜんぜん違う。家族として同じ屋根の下にいただけだ。それはわたしとるり子にかぎらず、きっとみんな同じ。等間隔。お父さん。お母さん。おばあちゃん。るり子。わたし。あの頃、それぞれの距離はぜんぶおんなじだった。

　三世代で住んでいたって、家族団らんなんてものはほとんどなかった。でもそれが当たり前だったし、居心地は悪くなかった。物理的に離れてみてから距離は近づいた。家族が減ったぶん、近くなったのかもしれない。

　わたしが結婚して家を出て、お父さんが亡くなって、るり子が結婚し、おばあちゃんが死んだ。あの広い家に今はお母さんだけだ。

　おかーさん、また描いてるよ、とさつきの声。気が付くと、チラシの裏にマンガを描いていた。マンガといってもありきたりな女の子の絵。斜め四十五度の顔が得意。子どものころからの癖で、手持ち無沙汰になると知らないうちに描いてしまう。決してうまくはない。左右の目の大きさがそもそも違う。

子どもの頃、こういう絵を描いていると、決まってお母さんやおばあちゃんは「お人形さん描いてるのね」と言ってきた。「女の子」だ、と言っても、うなずくばかりで結局は「お人形さん」と呼んでいた。こんな人形あるわけないじゃないか。

「あたしが着なくなった服、いる？」

るり子の声が子機から漏れているのか、さつきが「いるいる！」と答える。

「じゃあ、イチゴ狩りのときにね」

電話を切ろうとしたら、みのりが代わって、と言うので子機を渡す。

「るり姉、るり姉。あたしね、こないだサービスエース取ったんだよ。すごくない？」

すごーい、かっこいい！　と言うるり子の声が受話器越しに聞こえる。やっぱりるり子の声がでかいんだ。

「それとね、こないだね、お母さんってばアニーの毛切ってたら、ちょびっと肉まで切っちゃったんだよ。ちょびっと血が出たんだよ」

えー⁉　悲しい！　悲しすぎるよアニー！

るり子がさらにでかい声を出す。さつきとみやこがげらげら笑っている。

「でも、わざとじゃないよ。アニーが動くからいけないんだよ。でもちょびっとかわいそうだったよ」

ああ悲しい。見てられないよ、アニーアニーアニーアニー。

いつの間にか、るり子はミュージカル『アニー』の歌を歌っているようだ。嫌味のようによく聞こえる。

「はい、おかーさん」

子機がまたわたしの手元に戻る。

「はいはい、もしもし」

「みやこはいるの？」

「いるよ」

あぐらをかいて、さしておもしろくもなさそうにテレビを見ているみやこの姿を確認して返事をする。

「なにしてんの？」

るり子が急に小声でたずねる。不思議に思ってると、こちらが聞くまえに、だってほら、思春期じゃん、と言う。

昔の記憶の断片がふいに浮かんだ。るり子が中学生の頃。あの子はがむしゃらだった。いつもなにかに腹を立てていた。特に大人と呼ばれる人たちに対して。学校を無断で休み、部屋にあるものを投げつけ、親に当たり、ところかまわずわめき散らし、ひとりでひっそりと泣いていた。自分の感情をどうすることもできないようだった。わたしはそんなるり子がよくわからなかった。自分が何事もなく過ぎた歳を、うまく乗り越えられないるり子を理解しがたかった。

あの頃のるり子と今のみやこが同じ歳ということに、少しびっくりする。

「代われる？」

るり子がさらに声をひそめるので、なんとなくこっちは大きな声でみやこに声をかけた。

「みやこー。るり姉だよ」

みやこが合点承知ってなふうに親指下の腹で鼻の頭をはじいたあと、ニヤニヤしながら子機を受け取る。テレビを見ながらも、こちらの会話を気にしていたようだ。可愛い奴、と目をかこむようにピースサインを横にしたポーズをつくるが誰も見ていない。

「みやこー！　元気だったあ？」

るり子の声がよく聞こえる。

「あんた、まだ赤い頭なの⁉」

みやこはただくすくす笑っているだけだ。

「イチゴ狩り行くんだよ、一緒に。ちゃんと空けときなさいよ」

みやこは、今度はむむむっというような声で笑った。

「んじゃ、またお母さんに代わって」

みやこがニヤニヤ笑いで子機を持った手を伸ばす。結局みやこは、なにもしゃべらなかった。

「んじゃ、そういうことでよろしくね。前の日からお母さんとこに泊まってればいいよ。たのしみにしてるからねー。じゃあねー。ばっはは一い」

なんとなくわたしも「ばっはは一い」と言って電話を切った。

佐藤さんはわたしとは正反対のタイプで歳もちょっと離れているが、なぜかわたしによくしてくれる。

「だって、渋沢さんっておもしろいんですもの」

ちっともおもしろいところなんてないですよ、と言うと、おもしろいですう、と笑われた。

「渋沢さん、『ロッキー・ホラー・ショー』好きなんですってね」

びっくりする。なんでそんなことを佐藤さんが知っているのだろう。しかもかなり昔の話だ。

『ロッキー・ホラー・ショー』というのは、超B級ミュージカル映画。観客も映画に参加でき、会場が一体となってたのしむようになっている。ちょっと偏執的な、ＳＦともホラーとも言える映画だ。

「好きだって有名ですよ」

はあ、と気弱な返事になってしまう。

「実はわたしも好きなんです」

昔、地元の映画館で上映したことがあって、ちょっとはまりました。おもしろいですよね。世間からはみだしてしまった人たちの、一生懸命に不毛なところが、やけに心に残りました。この病棟にいると、あの映画をよく思い出すんです。なんででしょうね、不思議です。

佐藤さんは感じよくしゃべりながら、最後に笑った。

「また、もし、いつか上映されたら、ぜひ一緒に行きましょうよ」

佐藤さんの明るさはとてもきらきらしている。しゃべるごとにきらきらの粉が降ってくるようだ。ヲタらしく、ひえっと思わず手をかざしそうになる自分を制する。

『ロッキー・ホラー・ショー』を最後に観に行ったのは、確かるり子とだ。わたしが何度もビデオを観ていたので興味を持ったらしい。二人でめずらしくでかけた。事前にビデオを観せて説明したのに、あの子は笑うばかりでろくな練習にならなかった。

映画のなかで結婚式のシーンが出てきたら、スクリーンのなかの友人たちと一緒になって米を投げる。嵐のシーンでは水鉄砲を噴射して、新聞紙をかぶる。盛り上がったところでクラッカーを鳴らし、登場人物たちと一緒にダンスを踊る。

るり子と行ったとき、嵐のシーンで、新聞紙の代わりに持っていった折りたたみの傘を広げたら、見えないってうしろの人に怒られたことを思い出した。まったくさ。そんなことくらいで怒るんじゃありません。るり子はそのときも隣で大笑いしてたっけ。

傘の話をしたら、佐藤さんも大笑いした。うしろの人にとっては厄介かもしれませんよね、そう言いながら涙を流して笑った。

「約束ですよ」

佐藤さんはアイドル並みのかわいい笑顔で言い、去っていった。佐藤さんがいなくなったところで、ひえーっと、溶けていく悪魔のようにおののいてみた。

ふうむ。『ロッキー・ホラー・ショー』ね、懐かしいなあ。まだ看護学校に通っていた頃だった。

『ピンク・フラミンゴ』とか『ファントム・オブ・パラダイス』とか、けっこう好きだったなあ。実家に行けば、ダビングしたビデオテープが残ってるかもしれない。今度帰ったら探してみよう。みやこあたりが、もしかしたらはまるかもしれない。ああ、だめだめ。練習とか言って、家のなかをあれ以上汚されたらかなわない。みやこは調子に乗ってホースで水をまきそうだ。危険すぎる。

そういえばこのあいだ実家の母親から、部屋を片付けて、と連絡があったことを思い出した。またもやすっかり失念していた。本や小物など、捨てていいものかどうか判断できないから困ると嘆いていた。ぜんぶ捨てていいよ、と一旦は言ったけど、やっぱり一度見てからにする、と言ったままだ。

あの部屋を片付けてどうするのかなあと思う。お母さん、るり子たちといずれは一緒に住むつもりかもしれないな。

そういえばるり子、カイくんには『ロッキー・ホラー・ショー』を観せたのだろうか。ずっと前、まあくんが「僕にはちょっと……」といきなりわたしに言ってきたことがあった。最初はなんのことかさっぱりわからなかったけど、よくよく聞いてみたら、るり子が『ロッキー・ホラー・ショー』の感想をわたしに言うよう、まあくんに頼んだらしかった。

「あの映画、僕にはちょっとむずかしすぎてよくわからなかったです。すみません」

まあくんが申し訳なさそうに伝えてきた。まったくるり子ときたら、本当に余計なことを、と思いつつ、「あの映画にむずかしいことなんてひとつもないのに」と、内心思った。

「ねえ、お姉ちゃんは、なんで『ロッキー・ホラー・ショー』が好きなの？　どういうところが好きなの？　具体的に教えて。お願い」

るり子は自分が理解できないことを、どうしても理解したがる。まったく困ったものだ。自分が理解できないことは、そのままにしておけばいいのだ。

るり子にそんな質問をされるたびに、自分がひどく道から外れているような気がして、若い頃は不機嫌になったものだ。

好きな理由なんて特にないのだけど、るり子に「ははーん。わかったわよ」みたいな顔をされると、どうしようもなく居心地が悪くなった。

『フリークス』のビデオを観たときだって、「どうしてこういうの探してくるの？　この映画のどこがお姉ちゃんのツボにはまるの？」

決して批判するのではなく、純粋な好奇心で聞いてくるから始末が悪い。るり子は、あのときもわたしを理解しようとして、『フリークス』を自分で借りてきて何度も観ていたっけ。そして、結局は落ち込んでいた。すぐに熱が出て寝込むからわかる。

わたしはそんなるり子を理解できない。でも理解できないのと、嫌いだということはまったく違う。まったく違うんだから、人の心を突き詰めたってしかたないのだ。

看護学生時代の授業で、開腹されている遺体を見たことがあった。解剖学の先生が腹部の皮膚をめくると、当たり前だけど、そこには内臓がきちんと収まっていた。「触りたい生徒さんいたら、どうぞ」と先生が言うので、触ってみた。

気分が悪くなった生徒もいたように思う。家に帰って、その話をるり子にしたときも、あの子はわたしの心情を知りたがった。

「べつに」

「そんなすごい体験したんだから、べつに、ってことはないでしょ」

「強いて言えば、感心した、かな」

そう答えると、るり子は大きなため息をつき、どうかしてる、と頭を振った。どうかしてるのは、るり子のほうだ。わたしはただ、そういう授業があったという話をしただけだ。そこに感情は必要ないのだから。


早番で家に帰ったら、玄関に見慣れない靴が置いてあった。誰かの友達が来てるのだろうか。

「ただいま」

むくんできつくなった靴を脱いでいると、さつきが部屋から飛び出してきた。

「友達来てるから」

さつきの友達。高校生になってはじめてか。

「なんか出す？」

聞くや否や「いらない」と即答される。もう出したから、と。

「部屋に勝手に入ってこないでよね」

はいはい、と返事をする。

「ねえ」

さつきが小声で言うのでなにかと思ったら、また、チャックが開いてる、だった。

「もう、恥ずかしいからヤなの！」

そう言い残して部屋に入ってしまった。恥ずかしいのは、チャックが開いているからか、わたしの存在自体なのか、と考え、わたしの存在だとしたら、親に対して何事かと猛然と腹が立ったけど、きっとチャックを含めた両方なんだな、と思い直し、納得することにした。

みやことみのりはまだ帰っていないようだ。寝ているとばかり思っていたアニーがウオンと大きく鳴いた。

「あーっ！　このバカ犬！」

怒鳴り声に、アニーがすばやく逃げ出した。

「もおっ、ちょっとー！　アニーッ！」

大声を出したら、さつきが飛んできた。

「うるさい！　なんなのよ」

と、目を吊り上げて言う。わたしはテーブルの上を指差す。クッキーの缶の中身はからっぽで、そこらじゅうにかすが散らばっている。

「やだ、ちゃんと片付けたつもりだったけど」

ごめん、とさつきがしおらしく謝ったので、とりあえず許す。アニーは許さない。お仕置きとしてアニーの眉間めがけてチョップしたいところだ。

「アニーに食べられるんだったら、ぜんぶ出せばよかった」

友達に出したであろうクッキーの残りは、駄犬アニーの胃袋のなかだ。

「たまには散歩にでも行くかな」

そうつぶやくと、そうしなよ、とうれしそうにさつきが言った。わたしを友達に会わせたくないって腹だな。ふんっ。

リードを持つと、アニーがウオンと、これまたさしてうれしくもなさそうにひと鳴きした。

「お母さんは、アニーの首をぐいぐい引っ張るからだめなんだよう。かわいそうだよう」

みのりがいつもそう言うけど、わたしは悪くない。悪いのは駄犬アニーだ。

チャックが勝手に開かないようにするためには、少しウエストをしぼらないと。そう思って、意気込んで散歩に出るが、さっそくマンションを出たすぐのところでアニーが糞《ふん》をし、気を削がれる。

「こんにちは」

レトリバーを連れた女の人とすれ違い、慌てて挨拶を返すも、アニーのバカがものすごい勢いで吠えはじめたので、力任せに引っ張る。

「大型犬に吠えてどうすんのよ。向こうは弱いものいじめしちゃダメだと思って吠えないだけなんだから。調子に乗るんじゃない」

アニーはレトリバーが去ったあとも、振り返ってしばらく吠え、上品そうな飼い主さんもあまりのうるささのせいか、一度こちらを振り返った。はずかしーと思いながら、軽く頭を下げる。

犬の散歩って、余計なことをなにも考えないで済む。アニーが電柱におしっこをする。ペットボトルに入れてきた水をかける。もう四月も終わりだな。早いなあ。

ぼけっと歩いていると、突如動物的勘が働いた。アニーではなくわたしが。ふいに目を凝らす。

げっ、うそ、ひいっ。

五十メートルほど先の銀行に入っていった男に見覚えがあった。

「戻るよっ！」

とアニーに言って方向転換する。アニーは抗議の声をあげたけど、もちろん無視する。もと来た道を戻る。アニーを引きずるようにずんずん進んだ。

ちらっと見えただけだったけど、間違いなくあの男だった。二度と会いたくないし、会うことはないだろうと思っていたのに。こんな近くで会ってしまうなんて！　最悪だ。こんなことはじめて。占い恐るべし！

仕事のことを考えてこの町に決めたけど、失敗だったかもしれない。広いとはいえ、隣接区だから偶然会ってしまっても不思議ではないのだ。

別居していた頃のことがふと頭をよぎった。実家に子どもたちを預けていたのだけど、あるときさつきが、お父さんがいたよ、と言ったことがあった。実家のほうにまで来ていたんだと知って愕然とした。絶対に子どもたちだけで外に出さないで、としつこいくらい母親にお願いした。るり子にもくどいくらいに念を押した。

わたしの断固とした強い意志で、結局はもめることなく別れることができたが、もしどこかであの子たちが偶然会ったらと思うと、気が気ではなくなってきた。現にこうしてわたしが会ったではないか。むろん向こうは気付いてないようだったけど。

神さま、と思わず祈った。ちっとも信心深くないわたしにお願いされる神さまも不本意でしょうけど、どうかどうか、あの男を子どもたちの前に現さないでください。指を組んで天を仰ぎ、道ばたでかまわず目をつぶってお祈りした。立ち止まっているわたしを、今度はアニーが懸命に引っ張ろうとする。

ああ、どうか。神さま！　どうかどうかお願いします。今度は手を合わせ、ぶつぶつと唱えた。南無阿弥陀仏と最後に言い添える。言い終えてほっとひと息ついたところをアニーに引っ張られた。そのままの勢いで、駆け足気味にアニーと家路を急ぐ。

太ったなあ、あの男。と思い、そんな感想さえ厭《いと》わしく感じ、頭をぶんぶんと振った。

ヒューヒューがなにかをたくらんでいる気がする。わたしがヒューヒューの前を通ると、わざと他の患者さんの耳元でヒソヒソといやらしい感じで話すのは毎度のことだけど、今日は朝から、わたしを見かけると大爆笑するという遊びをしている。もちろんおもしろくはないけれど、このあいだのように始末書を書かされるよりはマシだ。なるべく刺激しないように自然に接している。わたしのことを四六時中観察しているようで、しょっちゅう目が合う。

そんな矢先、ヒューヒューに声をかけられた。

「はい。なんでしょう」

主任に呼ばれていてとても急いでいたのだが、しかたない。これも仕事だ。

「ねえ、風の噂で聞いたんだけど」

ヒューヒューが上目遣いでしなをつくる。

「あなた、ご主人が浮気したうえに傷害事件を起こして、それで離婚したんですってね」

ヒューヒューは、してやったりという顔だ。わたしが首をかしげていると、気の毒だわ、と同情する素振りを見せる。

「ちょっと呼ばれているもので。失礼しますね」

にっこりと笑ってみせると、ヒューヒューは一転、般若《はんにゃ》みたいな顔をした。

「みんな知ってるんだから！」

うしろでヒューヒューの大きな声が聞こえた。


今日は誕生日だった。ここ数年のごとく、今年もすっかり忘れてしまっていたけど、朝三人の娘から「おめでとう」と言われて思い出した。プレゼントはお弁当だった。三人で早起きしてつくってくれたらしい。いつもは高校の購買で昼食を済ませているさつきは、自分の分もちゃっかりつくったらしく、台所にはお弁当箱が二つ並んでいた。

「どっちがわたしの？」

と聞くと、みのりが「こっち」と指さした。二段になっている弁当箱のほうだった。

さあ、今からおたのしみのお昼の時間。なかなか気の利いた誕生日プレゼントではないか。素直にうれしい。

ふたを開けると、玉子焼きの黄色、プチトマトの赤、ブロッコリーの緑、と色合いもきれいだ。冷凍物のコロッケとカツもある。これまた冷凍のひと口グラタンも。なんにせよありがたい。ご飯のほうのふたを開けると、一面にゴマがまぶしてある。ほとんどご飯が見えないくらいにふりかけてある。出がけにみのりが「ゴマ失敗しちゃった」と言っていた意味が今わかった。きっと、ゴマでなにか書こうとしたんだろうと推測する。

たとえば、おめでとうとか、おかあさんとか。そりゃ無理だろ。

いただきます、と声に出してから箸をつけた。うーん、これといって特別おいしいわけじゃないけど、気持ちがうれしい。ありがたい。

ヒューヒューは、わたしが離婚してるってこと、どこから聞いたんだろう。すばらしい情報網だ。でも残念。離婚したってこと以外は、はずれ。

あいつは浮気なんてしてなかったと思う（そんな甲斐性はないだろう）し、傷害事件にもなってない。だけど惜しい。ヒューヒューにはニアピン賞をあげよう。

だって決定的だったのは、あいつがビール瓶でわたしの頭を殴ったことだから。それは本当に、なによりの決定打だった。頬をはたき合うなどの応酬はそれまでも頻繁にあったけど、それとこれとは違うだろう。男と女の差こそあれ、わたしは懸命にやり返してきた。それなのに！　ビール瓶とは！　卑劣極まりないではないか。

口論の理由は、わたしが「部屋を片付けて」と言ったことだった。３ＤＫのアパートで、子どもが三人いて、そのうちの最も広い八畳部屋をあいつは鉄道模型専用に使っていた（ちなみに壁には、蝶の標本がいくつも飾られていたし、部屋の隅にはピラニアの水槽や巨大なスピーカーなどもあった）。Ｓの字の線路が部屋を占領し、そこをＳＬやら貨物列車やらが走り回る。もちろん子ども用の鉄道のおもちゃではなく、それはかなり値が張り、かさばり、音もうるさく、生活にはまったく必要のない大人のおもちゃだった。さらに頭にきたのは、機嫌が悪くなると鉄道部屋に鍵をかけ（自分で鍵を取り付けたのだ）、どうやっても出てこない。うんざり、という言葉は、こういうときに使うものだ、と毎日うんざりするなかで考えていたことを思い出す。

多趣味なのはいい。ヲタでもいい。けれど、子どもがいるのを忘れられては困る。

ビール瓶で叩かれた痛さよりも、もっと大きなうねりが心に湧き起こって、怒りは沸点を通り越し、情は大きな津波のあとのようにあとかたもなく消え去った。この男の顔を、もう二度と、死ぬまで絶対に絶対に見たくないと心から思った。世間でよくある、夫婦ゲンカのときだけの激情ではなく本気でそう思い、何日かしてクールダウンしたあとも、もちろんその気持ちはなにひとつ変わらなかった。

それは何年経った今でも変わらないし、変わらないというよりはむしろ、身に沁み込んだ当然の感覚として、今さらあえて取り出すこともない。

昨日偶然見かけてしまったことは、すでにさっぱり忘れていた（寝れば忘れるのがわたしの特技である）のに、ヒューヒューのせいでまた少し思い出してしまったではないか。

でも、昨日あれほど気に病んだことも、よくよく考えたらなんてことないような気がしてきた。べつに子どもたちがあの男に会ったって、特に大きな問題は起こらないだろう（大きな問題というのは、警察沙汰云々のことだ）。気持ちのほうの問題は、それはもう子どもたちに任せるしかない。

子どもだって、自分の心を自分で管理しなければいけない。あとは、あの子たちの心の力の問題だ。万が一会ってしまったとしても、きっと子どもたちは誰もわたしには伝えないだろう。その件についてては、わたしにいたわりの気持ちを持っていると思うから。

ああ、それにしても。いかんせん、ご飯が多すぎる。ぎゅうぎゅうに詰めてある。最初に箸を入れたときは先が折れそうだった。でも残すのももったいないから、がんばって腹に入れる。ヒューヒューとの対決には、これくらいの米が必要だろう。

窓からなま暖かい風が入ってくる。今日は初夏といってもいいくらいの気温だと、今朝天気予報で言っていた。今年も桜をろくに見ないで終わってしまったな、とふいに思う。実家で紅白を観たのが、つい先週くらいのことのような気がするし、もう何年も前の大晦日のような気もする。

お茶を飲んで、かぽかぽっと口のなかをゆすぐ。ゆすいだお茶はもちろんそのまま頂く。これをすると三人の娘たちはいっせいに声をあげ、わたしを糾弾する。実家の母親の癖で、いつのまにかわたしもるり子も、ついするようになってしまった。

以前るり子がこれをやって三人娘が騒いだときに、ぷーっと三人めがけてお茶を噴き出したことがあったっけ。あのときの、怒り出したさつきやげらげら笑ったみやこや、今にも泣き出しそうだったみのりの顔を思い出すと、思わず笑ってしまう。るり子はまったく自由だ。うらやましくなる反面、気の毒にも思う。自由なるり子は、いつだって窮屈そうだから。

さあ、時間だ。ごちそうさまでした。手を合わせて感謝する。三人の娘たちに。

第三章　みやこ——去年の冬

キング先輩んちでユキとだべってたら、知らない女の人がやってきた。一瞬、るり姉に見えてどきっとしたけど、もちろん人違いだった。

「欣虞《きんぐ》どこ？」

いきなり言われて、ユキと顔を見合わせた。

「どこにいるのって聞いてるの！」

知らない、たぶんそのへんのコンビニじゃないかな、と二人して適当に答えた。

「ったく！」

女の人は手を腰に当てて（仁王立ちというやつだ）、鼻息を荒くした。やっぱりこんな仕草もるり姉に似てるかも。そう思って、あたしがなんとなくニヤついていてたら、女の人はこっちを見て、

「第一あんたたち誰なの？　他人《ひと》のうちに勝手にあがりこんで」

と、にらみつけてきた。こたつのなかで、ユキがあたしの脚をちょんちょんと蹴る。あたしも蹴り返してお互いに目配せする。

「後輩です」

声をそろえて答えた。えーっとあなたは誰ですか、と大胆にもユキが聞き、女の人はふんっ、と鼻息を荒くしたあと「母親よ」と言い残し、そのまま去っていった。

「すっげー」

「超若くね？」

「若すぎ」

二人でげらげら笑った。

「みやこ、見てみ。外、まっくらだよ」

ほんとだー、と言いながら、ちょっとだけさみしいようなへんな気分になる。

「もうすぐクリスマスだもんね」

ユキがこたつから出て窓辺に立つ。

「ほら、あそこの家、庭にすっげー飾り付けしてんの。電飾チカチカだよー」

あたしも思わずつられて立ち上がる。

「ああ、ほんとだ」

と言ったところで、キング先輩が帰ってきた。

「おう、お前ら来てたのか」

おじゃましてまーす、と声をそろえる。キング先輩はいつも頭にタオルを巻いている。今日は紫色のニッカボッカ。よく工事現場の人がはいてるやつだ。工事現場で働いてるわけじゃないのに、いつもそういう格好をしている。おもしろい。

「今、母親って人が来ましたよ」

ユキが今さっきの出来事を伝える。キング先輩の顔色が変わる。

「な、なんか言ってた？」

「ちょっと怒ってたぽかったけど」

ユキがそう言うと、ヤッベー！　と、でかい声で叫び、タオルを巻いた頭を抱えた。

「じゃあ、あたしたちは帰りますので」

おっ、おっ、そうか、そうか。キング先輩はあきらかに動揺している。笑いたかったけど奥歯を嚙みしめ我慢して、キング先輩んちを出た。

「なんかひと悶着《もんちゃく》ありそうだね。ううっ、寒い」

超ミニスカで脚丸出しのユキは、マジで寒そうだ。あたしのＫＡＮＩ《カナイ》ジャージだって相当寒い。自分で言うのもなんだけど、こういうかっこしてるとあきらかにヤンキーだ。あまりにもどんぴしゃで笑える。けど、この髪だけはちょっと路線がちがう。脱色とか茶髪じゃなくて、赤毛だもん。赤毛のアンの赤毛。小さい頃、るり姉が読んでくれた本。

「クリスマスどうする?」

「どうするって、ユキはたすくと一緒でしょ」

たすくはユキの彼氏だ。

「たすくはおぼっちゃまだから、クリスマスはおうちでローストチキンだって」

へえー。誤ってぜんぶ剃ってしまったという、たすくの眉毛を思い出す。ヤンキーを嫌ってるくせに、自分がいちばんヤンキーに近い風貌になっていた。

「クリスマスはおばあちゃんち」

そう言うとユキは、ちぇーつまんなーい、と砂利《じゃり》を蹴った。さっき、窓から見た電飾の家の前まで来て、少しの間二人で眺めた。サンタやトナカイ、雪だるまが、黄色や青、赤、金、銀にチカチカと光ってる。

あ、まただ。胸をえぐられるような、ううん、違うな。なんて言ったらいいんだろう。胸がざわざわする感じ。思い出とか家族とか愛とか、そういう気持ち悪いものたちが圧倒的に胸をおおってしまう感じ。やだな。あっち行け、この気持ち。

「じゃあね」

「うん、バイバイ」

ユキといつもの信号機のところで別れた。先月まではけっこうあったかかったのに、十二月に入ったとたん、めちゃくちゃ寒い。吐く息が白くて慌てた。指先に息を当てながら、少し駆け足で家に帰った。

「おっかあは？」

とお姉ちゃんに聞くと「今日は準夜。さっき出てったばっかりだよ」とのこと。お母さんのことを「お母さん」と呼ぶのが照れくさくて、「母ちゃん」とか呼んでたけど、結局「おっかあ」で落ち着いた。おっかあ。うん、悪くない。

「夕飯、テーブルの上にあるから、あったためて食べなよ」

お姉ちゃんが言うそばから、みのりが「あたしがやってあげる」とレンジでチンしはじめる。

チンした野菜炒めと、出来合いだと思われるハンバーグをテーブルに置くと、匂いをかぎつけてアニーが寄ってきた。

ウオンウオンウオンウオンウオンウオンウオン　ウオンウオンウオンウオンウオンウオン

「うるさいっ」

一喝してもひるむことなく鳴き続ける。

「アニー、散歩行こうか？」

みのりがアニーに声をかける。

「今日、まだ散歩してないんだっけ？」

お姉ちゃんが、テレビから目を離さずに言う。みのりが小さくうなずく。散歩に連れていかなかったことを、申し訳なく思ってるって顔で。

まとわりついてくるアニーに足払いを食らわせながら、夕飯を食べる。

「ちょっとだけ行ってくる」みのりが言う。

「外まっくろけだよ」

と教えてあげると、お姉ちゃんがめんどくさそうに「あたしも行くよ」と言って、二人で出て行ってしまった。

いろんなものが積んであるテーブルの上から新聞を取り出して、テレビ欄に目を通す。めぼしい番組特になし。おっかあ、ケチらないで衛星放送入れてくれ、と誰もいないところで言ってみる。

本やら雑誌やら誰かの教科書（あたしのだ）をどけて物色してたら、るり姉からのクリスマスカードが出てきた。みのり宛のやつだ。

『メリークリスマス！　バリボーはりきってんの？　為せば成る。』

あたしたち三人にクリスマスカードを送ってくれたのは、まだ十一月のはじめだった。電話で「待ちきれなくて、早々に送っちゃった」とるり姉が言っていた。相変わらずだ。

あたしのクリスマスカードには、

『メリーリトマス試験紙！　♪まっかなおぐしのみーやこちゃんは、いっつもみんなのにんきものー♪』

って書いてあった。くだらなすぎて笑えた。しょうがないから机のマットに入れといた。くだらなすぎて、ちょっとだけ元気が出る。

マンションの一階であるこのうちは、ちょっとした庭みたいなのがある。先週ツリーを出した。よくありがちなダサいやつ。

マンションのエントランスには二メートルくらいの巨大なツリーが飾ってある。こないだ誰もいないのを見計らって、七夕飾りみたいに短冊をくっつけた。「家内安全」と筆で書いておいた。まだ誰も気付いてないらしい。

テレビのチャンネルをくるくると替え、とりあえずそのなかでまともそうなのを選んで流す。キング先輩んちから勝手に借りてきたCDがあるけど、セットするのもめんどくさいから、結局テレビの画面をだらだらと眺めた。

キング先輩の名前は本名だ。内藤欣虞。どんな親がその名前をつけたのかなあ、と思っていたら、今日母親という人に会ってしまった。いつも入り浸っているキング先輩のアパートで。

キング先輩はあたしたちの二こ上で高校一年生。出会いは鉄道研究部。学校では、全生徒が部活動に参加しなければならなくて、あたしはしかたなく鉄道研究部に入った。理由はサボれると思ったから。だって女子なんて誰もいないと思った。一人きりの女子であるあたしは、男子の輪に入れずになにもすることがなくてさっさと帰る、とそこまで先回りして考えた。が、鉄研にはユキがいた。聞いてみると、ユキもあたしと同じような入部理由だった。

そしてキング先輩がいた。男子生徒のなかで一人異質だった。鉄男たちのなかで、キング先輩は浮きまくっていた。だからあたしたちはすぐにキング先輩と仲良くなった。あ、キャンディ・キャンディ。メールの着信音に使ってる。『キャンディ・キャンディ』っていうアニメの曲らしいけど、あたしは知らない。るり姉が着メロに使ってて、なんとなくかわいいと思ったから、同じのを使ってる。

ユキからだった。「たすくが浮気した！」だって。「ありえない」ってそれだけ書いて送信した。たすくが浮気なんてできるわけない。ユキの恐ろしさを知ってるから。たすくが女の子とちょっと仲良さげにしゃべってただけで、ユキはたすくのシャツをぜんぶハサミで切った。だから次の日、たすくは学校指定のダッサい開襟シャツを着なければならなくて、それは実際かなりダサかった。

あークリスマス、なに買ってもらおうかなあ。現金がいちばんいいんだけど、きっとおっかあはだめだって言うんだろうなー。めんどいからお年玉上乗せでいっか。

玄関のチャイムが鳴ったと同時に「ただいまあ」というみのりの声。あ、鍵締めるの忘れてた。

「やだ、みやこ。ちゃんと鍵締めてよ。物騒だよ」

お姉ちゃんにさっそく注意される。あいよー、と答える。物騒だなんて。そんな言葉、生まれてこのかた使ったことないよ。しっかり者のお姉ちゃん。バレーなんてやってて体育会系のくせに、舌ったらずなしゃべり方の甘えん坊みのり。そんでもって、ぷらぷら漂ってるだけの中途半端なあたし。

「あ、だめだよ、アニー」

みのりの声でふと見ると、テーブルの上のビスケットの袋に口をつけて、すでに何枚か食べ終えている。

「わーっ、よだれでべちょべちょだ」

みのりがビスケットを手にとって顔をしかめる。

「ああ、またおっかあ、超怒《いか》る。もう証拠隠滅で食っちゃえば？　アニー」

そう言うと、お姉ちゃんが、

「そんなにそばにいるんだから、みやこが気を付けてればアニーだって食べなかったでしょ。アニー、ダイエットさせなきゃいけないんだからダメだよ」

と、おっかあにそっくりな口調で言った。

「なに笑ってんの」

「笑ってないけど」

おっかあとか学校の先生にもよく言われるんだけど、怒られるとなぜか顔がニヤけちゃうんだよね、あたしって。自分でもよくわからん。

「むかつく。腐った赤キャベツ」

お姉ちゃんはそう言って、べちょべちょビスケットをゴミ箱に捨てた。腐った赤キャベツと言われてかちんときたけど、めんどいからつっかかるのはやめた。るり姉が、はじめにあたしの髪を見て「腐った赤キャベツ」って言ったんだけど、なぜかるり姉に言われる分には頭にこない。実際、変色した赤キャベツみたいだし。

今二年でっていうか中学校全体で、こんな色の髪してるのあたしだけ。ユキは脱色系だからパツキン。だからあたしたち二人は目立ってると思う。悪い意味で。

お姉ちゃんはきっと肩身が狭いだろうなと思う。お姉ちゃんの妹はあたしだってこと、みんな知ってるもんね。お姉ちゃんがいる今の三年生は真面目っぽい。一人だけ芸能活動してる子がいるけど、それとこれとは違うか。去年まではキング先輩がいた。キング先輩の仲間も何人かいた。不良って感じでかっこよかった。

中学に入ってすぐに髪を赤くしてみた。実はパーマもかかってる。鳥の巣みたいな頭にしたかったから。

鉄研で暇つぶししてから、ユキとキング先輩んちへ行った。キング先輩んちはボロいアパートの一階だ。玄関を入ってすぐに、いつもだべってる六畳間があって、その横に台所というか流しがある。トイレはなぜか三角形でものすごく狭い。和式便座だから、あたしもユキもなるべくここには入らないようにしてる。

なかに入るとキング先輩はいなくって、代わりにアンナ先輩がいた。アンナ先輩も去年の卒業生で、キング先輩と付き合ってるっぽい。真相は知らないけど。

「こんにちはー」

こたつに入ってファッション誌をめくりながら、タバコをふかしているアンナ先輩に挨拶をする。

「部屋のなか、すごいですよ」

ユキが言いながら咳き込む。煙が充満して部屋全体が白っぽくなってる。

「わるいわるい。窓開けて」

窓を細く開けると、まるで吸い出されるように、煙が外に逃げていった。

「こないだキングママに会ったんだって?」

アンナ先輩が雑誌に目を落としたまま聞いてくる。

「はい。すっごく若くてきれいでした」

だよね、とアンナ先輩は言って、かっ、と笑った。

「あたしもう行くから。たぶんすぐにキングが来ると思うからさ」

短くなったタバコを、すでに吸殻でいっぱいの灰皿にねじこんで、こたつからぴょんと出る。出た拍子にパンツが見えて、ユキとあたしは「パンツ見えましたー」と声をそろえた。だって、今日のアンナ先輩のスカートって、考えられないくらいに超短い。

「下になんかはいたほうがいいですよ。短パンとか」

ユキが言いながら自分のスカートをめくって、紺色のスパッツのような短パンを見せる。アンナ先輩はそれを見て、へえ、とおもしろそうに言い、じゃあね、とそのまま出て行った。

「超Tバックだったね」

アンナ先輩が玄関を出て行ったのを確認してからそう言って、二人で大笑いした。あれじゃあ風邪ひくよねえ、って言いながら、笑いすぎて出てきた涙を拭いた。

石油ストーブを止めて空気の入れ替えのために窓を全開にしている間、二人で肩まですっぽりとこたつに入ることにした。だって、そうしてなきゃ凍死しちゃうし。

「ねえ、なんかこたつのなかまでタバコくっさくなってるよ」

あたしたちはタバコ嫌い派。タバコ臭くなるのは許しがたい。

「えー?　足の臭いじゃないのー?」

「やだあ、アンナ先輩の?」

「違うよう、キング先輩に決まってんじゃん」

ぎゃはははー、と二人で丸まってくっついていると、玄関から物音がした。ばたんっとドアが閉まる音がしたと思ったら、

「またあんたたち！」

と怒鳴られた。

え？　と思う間もなく、頭上に仁王立ちされる。キングママだ。

「ったく、いっつも、他人《ひと》んちでなにやってんの」

怒られながらも寒くてこたつから出られない。おおっ、さむさむ、とキングママも言い、窓を閉めて、ついでにストーブも点けてくれた。ありがたい。キングママ感謝。

「ちょっと入れてよ」

手をこすりながらキングママは脚をぐいっと入れてきて、あたしたちのお腹やら太ももやらにぶつかった。あまりにもどすどすとぶつかるので、これはわざとだなあと思って、しかたなくこたつから上半身を出して起き上がった。

「で？」

と、キングママ。

「で？」

と、あたしたち。

「なに真似してんのよ。で、あんたたちは誰なのよ」

「キング先輩の後輩です。って、こないだも言いました」

ユキが答えると、キングママはふんっと鼻で返事をした。

「第一、あんたたち女の子じゃない。こんなふうに男の家に勝手に出入りしてていいわけ？」

なんとも答えようがなくて、ちょっと返答に困った。ユキが、あたしは彼氏いますから、と胸を張って言って、キングママはため息をついた。

「で、キングは？」

「知りません」とまた二人で声がそろってしまう。

「まったく、嫌んなっちゃうわねえ」

キングママはそう言うと同時にこたつのテーブルに突っ伏した。あたしたちは顔を見合わせる。どうする、帰る？　と口パクで話す。そのときどたんと音がして、キング先輩が帰ってきた。

「さっみー」って言いながらこっちを見て、突っ伏してるキングママの背中にぎょっとし、そのままの驚いた顔で声を出さずに、キングママを指差した。口パクで、「なんで？」と言っている。あたしたちだって聞きたい。なんでだろうね？

「キングゥー」

呪いのような声を出しながら、キングママが顔を上げた。

「あんたいったいなにやってんのよ！　こんなとこに女の子連れ込んで！　この子たち中学生でしょ！　まさか手ぇ出したりしてないでしょうね。ヤッたら最後だからな、このアホンダラ！」

キングママはいきなりまくし立てて、あたしたちはその内容にびっくりした。びっくりしてるのもつかの間、

「あんたたちヤられてないでしょうね！　そんなことしてたら人生おしまいだからね」

と言った。なにかを完全に勘違いしているみたいだけど、なんて返答していいのかわからない。

「あんた、なに笑ってんの？」

げっ、あたしのことだ。やべっ、怒られた。なんで笑っちゃうのかなあ。ほんと、自分でも理解しがたい。

「すみません」

と謝るも、まだ顔はニヤついている。早くふつうの顔にもどれっ。

「ちょっと勘違いしてるよ、おふくろは」

キング先輩が口を挟む。それに続いてユキもしゃべりだす。

「そうですよー。キング先輩とあたしたちはそういう関係じゃないんです。あたしはちゃんと彼氏がいるし。キング先輩だってアンナ先輩がいるし」

「ちょっとあんた！　まだあのアンナって子と付き合ってんの？」

やば、余計なこと言っちゃったかな、とユキがつぶやく。

「うるせえなあ。急に来てなんなんだよ。なんの用だよ」

キング先輩が顔をしかめると、キングママはまたもや、ふんっと鼻を鳴らし、

「わたし、しばらくここに住むから」

と言い放った。空気がぴきーんとなった。

「なに笑ってんのよ」

やべっ、また笑ってたらしい。キングママにまたもや怒られる。すみません、と再度謝る。

「えっとお。みやこは怒られたり、真剣な場面になったりすると、笑っちゃうへんなクセがあるんです」

ユキがフォローしてくれるも、キング先輩が、今日のところは悪いけどちょっと帰って、と言うので、あたしたちはそのままキング先輩んちをあとにした。

「キングママ、あそこに住むってマジかな」

ユキがおもしろそうに言う。あたしはというと、なんで怒られると笑っちゃうのかなあ、なんて考えてる。また電飾の家まで行って二人で眺めた。電気代すごいんだろうな、と言うと、ユキはぎゃははーと笑い、でも家のなか真っ暗だよ、と教えてくれた。どう

やら外で眺める人たちのために、家のなかの電気を消しているらしい。

「すげえ」

驚いて言うと、そうだよ、すげえんだよ、奉仕活動だよ、とユキは言って、また笑った。

うちに帰るとおっかあがいて、アニーに怒鳴りまくっていた。目を離したすきに、またテーブルの上に乗って、食べ物を食い荒らしたらしい。悲しげアニー、とるり姉を真似して言うと、「悲しいのはこっちだよ！」とおっかあに怒られた。とんだとばっちりだ。

「夕飯なーに？」

かわいこぶって聞くと、

「アニーが食べちゃったよ」とみのりの返事。ぜんぜん「悲しげアニー」じゃない。悲しいのはあたしじゃん。

「クリスマス、おばあちゃんち行くんでしょ」

みのりがおっかあに聞いて、おっかあが「どっちでもいいよ」と答える。

「あたし、行きたい。おばあちゃんとるり姉からプレゼントもらいたい」

そういうセコいことを言うのはお姉ちゃんだ。

るり姉からのクリスマスプレゼントはいつもキテレツ。去年は「手」だった。手首から先の手。名前は「手首くん」。電池で妙にリアルに動き、少しずつ前進する。暗闇でキミドリ色に光るそれは、あたしたちを充分にこわがらせた。みのりなんて、夜に一人でトイレに行けなくなったくらいだ。

今年はなんだろう。ちょっとだけたのしみだな。

ユキの頭がプリン状態となり、あたしの頭は気味の悪い油絵の赤富士みたいになってきたので、ユキんちで染めることにした。ユキんところもお父さんはいなくて、でもも う働いているお兄さんがいる。会ったことないけど、ユキに言わせると「ほんっとにふつう。ふつうのなかの直球ど真ん中の人」だそうだ。

「あたし、ブリーチやめてちょっと戻そうかな。おとなしめの栗色系にする。パッキンはたすくの評判も悪いし」

ドラッグストアに寄ってヘアカラーを買い、ユキは「明るめの栗色」、あたしはいつもの「モード系赤色」にした。

ユキんちにあるボロの服に着替えさせてもらって、まずはユキの髪から染めた。この前やったのはまだ半袖のときだったかなあ、と思いながら、ユキの五センチほど伸びた髪の黒い部分から櫛《くし》をあてる。

「なんかあっという間だなあ、人生って」

と言うと、ユキは笑いながら「ばばあくせえ」と言った。そのあとあたしの髪を染めてもらい、お互い「キモいキモい」と言い合いながら、人には見せられない格好でしばらく時間を置き、順番にシャワーを浴びた。

「かわいいじゃん」

と、ユキが自分の姿を鏡に映して、自分に向かって言った。確かに今のほうが似合ってる。あたしはというと、たいして変わんない。気味の悪い油絵の赤富士が、腐った赤キャベツに戻っただけのことだ。

「みやこもたまには他の色にしたら？　この栗色超かわいい。みやこもきっと似合うよ」

ユキの言葉に首を振り、あたしは一生この頭がいい、と答えた。

「一生かよ！」

と言って、ユキはまた笑った。笑い上戸《じょうご》のユキ。

髪を乾かしてたら、たすくが来た。ユキを見るなり「いいじゃん」と言ったので、ユキはご満悦だ。

「あたし帰るよ」

ユキもたすくも引き止めてくれたけど、オジャマは嫌なのでとっとと出てきた。ふらふら歩いてたら、知らないうちにまたキング先輩んちの前まで来てしまった。まずいかなあ、と思いつつ、ドアに手を当てるとつーっと開いたので、「お邪魔しまーす」と勝手に入った。誰もいなかった。まったく無用心。お姉ちゃんの言葉を借りるなら「物騒」だ。部屋のなかはあったかい。こたつもまだ少しあたたかさが残ってる。寒いのでとりあえず、こたつに入った。

「あっ」

隣の部屋に、ボストンバッグが二つ置いてある。これはもしや……キングママ？　と思ってたところに、キングママが登場した。

「またあんた！　他人《ひと》んちでなにしてんのよ」

すみません、と慌ててこたつを出る。顔がニヤけないように気をつけたつもりだったけど、「また笑ってる」と先に言われてしまった。

キングママは近所のスーパーに買物に行ってたらしく、大きな袋を両手に持っていた。

「ったく、ここんち、なんにもないんだからさ。欣虜は普段なに食べてんのかしらね」

カップラーメンとかです、と答えると、キングママはおおげさに顔をしかめた。

「ううっ、外は寒いわ。あったかいの飲もっと」

あたしはなんとなく、またこたつに脚を入れた。どうしていいかわかんないときは、思ったように行動するべし、と教えてくれたのはるり姉だ。

「はい、あんたのも」

キングママはそう言って、あたしにもコーヒーを淹れてくれた。ブラック飲めません、と言うと、すっげー嫌な顔をして、あごをしゃくった。自分で勝手に砂糖やミルクを入れろってことだろう。そのとおりに、戸棚から拝借した。

「あんた友達いないの？」

ひと口飲んだところでキングママに言われた。

「ユキ」

「ユキってこないだの金髪娘？」

「そうです。あ、でももう金髪じゃない。栗色です」

そう言ったけど、ぜんぜん聞いてないみたいに、キングママはあたしをじろじろ見た。

「なんでここに来るわけ？」

「さあ、なんででしょうか」

ちゃんと考えて口に出したんだけど、キングママに「ニヤつくな」と怒られた。

「もうここには来られないわよ」

「ここに住むんですよね」

キングママは、ふんっと鼻を鳴らして、タバコを取り出して火を点けた。ふんって鼻を鳴らすの、癖みたいだ。

バージニアスリムライトだったんで、らしいですね、と言ったらにらまれた。

「あんたの名前なんていうの」

「みやこです。渋沢みやこ」

はんっ、とキングママは言い捨てて、突然身の上話をはじめた。

ねえ、うちの旦那いくつだと思う？　欣虞のパパよ。六十六よ、六十六。介護保険だって使える歳よ。なんか最近物忘れひどくって、いよいよ来たか、なんて思ってたら、なによ、あんた、女つくってんの！　四十三の女だって。たまげたわよ。だってわたしが三十六よ。二十歳のときにあの子産んで、そんとき旦那五十だよ！　五十の男にハタチの娘が一緒になってあげたのよ！　なのに今さら浮気だなんてとんでもないわよ！　バッカじゃないの！

キングママはかっかしながらも、でもどこかおもしろそうに話した。あたしはというと、キング先輩のうそに、なあんだ、と思っていた。キング先輩は「俺は父親がいなくて、じいちゃんに育てられた」といかにも本当っぽくしゃべることがあったけど、じいちゃんが父親じゃんよ！　と今すぐにでも突っ込みたかった。

「今さら離婚すんのもめんどくさいからさ。ちょっと頭冷やしてもらおうと思ってね。わたしがいなくちゃ困るのはあっちなんだから」

キングママはそう言って、こたつの上にあったみかんの皮をむき、ぽいと口に入れた。とたんに顔をしかめる。

「ああ、コーヒーとみかんはぜんぜん合わないわ。なんだか無性に食べたくなって剝いちゃったけどだめ。悪いけどあんた食べて」

ひと房以外の残りのみかんを、ぐいとこちらによこす。しかたなく「いただきます」と言って食べた。

「あんたえらいわ。その白い筋が身体にいいのよ。みんな気取って、その部分を取ったりすんのよね」

るり姉と同じこと言ってる。昔、白い筋を取って食べてるり姉に注意されて以来、そのまま食べることにしている。ちなみに薄皮は出すんだけど。

「あーあ、こんな狭くて汚いとこに住むの嫌だなあ」

キングママがタバコを手にしたまま、うしろに倒れて寝そべる。腕だけ伸ばして、こたつの上の灰皿に器用に灰を落とす。

「なんでキング先輩は、ここで一人暮らししてるんですか」

疑問に思ったことを聞いてみる。

「知らない。そういう年頃なんでしょ。でもあの子えらいわよ。ここの家賃自分で払ってんのよね」

家賃いくらなんですか、との質問に「知らない、五万くらいでしょ」との返事。

「うちはさあ、けっこう金持ちなんだよね。ジジイが社長だからさ。もっといいところに住めばいいのにねえ。あの子は誰に似たんだか、ほんとえらいわ」

キングママの脚があたしの脚にぶつかって、あわてて引っ込めた。引っ込めたら、うふふっと笑われた。

玄関で音がしたので振り返ると、やっぱりそこにはキング先輩がいた。顔をしかめている。

「来ちまったのか、おふくろ……」

声まで沈んでいる。それに対し、「来たわよーん」という能天気なキングママの声。キング先輩がすごすごとこたつに入る。キング先輩からは、外の冷たい匂いがして、あたしはなんだかまた少しだけさみしいような気持ちになった。

でも今の時期は、夜が来るのがうんと早いから、まだいいような気がする。だって、すぐに夜が来てくれるから、夕方に気が付かないで済む。夕暮れの空ほどさみしいものってないじゃん。

「みやこは少し、あたしに似てるかもね」

夕方になると、決まってぐずって泣き出すあたしに、るり姉が言った。まだあたしが正真正銘の子どもだった頃の話だ。

「帰ります」

立ち上がったあたしを、キング先輩が止めた。

「俺、これからバイトなんだ。みやこ、悪いけどちょっとおふくろに付き合ってやってよ」

なんで？　と思ったのはあたしだけではないらしく、キングママが「なんでよ」と突っ込んだ。キング先輩は一瞬言葉に詰まったあと、

「なんでもだよお！」

となぜか大声を出し、あたしとキングママは顔を見合わせて、まっいいか的な気分になった。キング先輩なりにキングママに気を遣っているか、家捜《やさが》しされるのが嫌か、どちらかだ。キング先輩はそそくさと出て行き、あたしはまたキングママと二人きりになった。

「夕飯食べてくでしょ？　女の子なんだから手伝いなさいよ」

あ、ハイ。よくわからないけど返事をして、返事をしたからには手伝わないわけにはいかなかった。

「鍋だから、そこの白菜切って」

板張りの床に新聞紙にくるまれた大きな物体が転がっている。きっとこれだろう、と思い、新聞紙をわしわしと広げる。

「道端で売ってたのよ。百五十円だって。うそみたいに安くてびっくりしたわよ」

聞いてもないのに、キングママがしゃべる。

「うわっ、なんか虫がいる、虫がいます」

白菜の外側の葉っぱに小さな芋虫がうごめいている。

「虫がついてるのはいい野菜よ。はい、どんどん切って」

「……できません」

と言うと、キングママがジロリとにらみ、「このいくじなし！」と怒鳴った。

「じゃあ、こっちの牡蠣《かき》洗ってよ」

「……どうやるんですか」

キングママはちっと舌打ちし、あんた女の子なのになんにもできないのね、お母さんに教えてもらわなかったの、とぶつぶつ言い、これはこうするの！　と、パックから出した牡蠣をざるにあけ、塩をかけてから振り洗いした。こうすると汚れがこんなに出るのよ、と。

「へえ」

「じゃあ、しいたけやってよ」

「しいたけ？　なんかするんですか」

うちのおっかあの場合、そのままポイッと突っ込んでる気がしないでもない。

「もういいわよ。あんたあっちで座ってな」

キングママに冷ややかに言われ、あたしはこたつに入った。携帯を取り出して、お姉ちゃんにメールする。『今日は夕飯いらない』。少ししてから、『フン💩』という返事がきた。

今気付いたけど、テレビの横に小さなクリスマスツリーが飾ってある。誰が買ってきたんだろう。キングママかな。アンナ先輩かな。枝に雪が積もってるみたいな白いツリー。ピンクのリボンがぐるりとひっかけてある。

——圧力鍋がしゅんしゅんしゃんしゃん言ってる音って、サンタがトナカイに乗って空からやってくる音に似てるんだよね。

前にるり姉に言われて、確かに似てるな、とおっかあが圧力鍋でカレーをつくったときに思った。クリスマスは、おばあちゃんちに集合することになった。るり姉とカイカイも来る。

あたし、いまだにるり姉とカイカイが一緒にいるのを不思議に思う。るり姉と一緒にいるのは、まあ兄だってずっと思ってたけど、いつのまにかカイカイになってた。まあ兄に会いたいなあ、とほんの少しだけ思う。けど、カイカイもいい人だ。だからそんなこと口に出して言えない。

「できたわよ。こたつの上片付けて」

キングママが湯気むんむんの鍋を持っている。慌ててこたつの上に載っている雑誌やらタバコやらを片付けて、キングママがあごで指し示した鍋敷きを用意する。おいしそうな匂いで、とたんにお腹が空いてきた。

「取り皿出して。冷蔵庫からポン酢も。ご飯はジャーに入ってるから、自分の分、勝手によそって。わたしはいらないから」

言われたとおりに動く。「あ、ビールもね」と言われて、冷蔵庫から缶ビールを出す。

「はい、カンパーイ!」

ペットボトルのウーロン茶と缶ビールをぶつけて乾杯する。うひゃあ、おいしっ。キングママがビールをぐびっと飲んでうれしそうな顔をする。いただきます、と手を合わせたら、「いい子ね」と、すでに酔ったのかどうかはわからないけど、キングママがそんなことを言ったからあせった。

鍋は超うまかった。白菜は甘くて舌の上でとろけたし、牡蠣はもっちりだったし、しいたけはふっくらだった。豚肉も絶妙だった。だし汁がおいしくて、最後には取り皿に口をつけて飲んでしまったくらいだ。

ごちそうさま、おいしかったですと言うと、今度は本当に酔っ払ったキングママが「いい子ねー」を連発し、あたしの髪をくしゃくしゃっと触った。

「そういえばあんた、家の人に連絡したの? 心配してるんじゃない?」

「大丈夫です」

夕飯いらないって、さっきメールしたたし。

「本当？　お父さんなんて心配して、門のところで待ってるんじゃない？」

「お父さんいないし、うちマンションなんで門ないです」

そう言うと、キングママは「あらまあ」と言い、「生きてんの？」と聞いてきた。一瞬なんのことかと思ったけど、ああ、お父さんのことか、と思い、あたしは「たぶん」と答えた。たぶん今も生きていると思います。そう言うと、

「ふうん、今どきの子って、みんなお父さんいないのよねえ」

と、ひどく偏見的なことを言った。

「会いたくないの？」

わかんない、と答え、すぐあとに「です」と付け足した。

「うちはさー、わたしがまだ小学校に上がる前にお父さん死んじゃったのよ。だからお父さんが恋しくてしかたなかったわけ。お墓参りに行くたびに、墓石をお父さんだと思って抱きついたわよ。結局ファザコンなのよねー。だからあんなジジイと結婚しちゃったんだな、きっと」

あたしは適当に相槌を打って、おいとますることにした。キング先輩はまだ帰ってこないけどべつにいいだろう。あとは親子で勝手に盛り上がってくれ。

「ごちそうさまでした。失礼します」

玄関先で言うと、キングママが背中を向けたままの格好で手を振って、

「娘って、父親のこと大好きなのよね。どうしようもなく」

とあたしに向けて言ったのか、自分に対して言ったのかわからないけど、そんなことを言った。

終業式のあったクリスマスイブにおばあちゃんちへ行った。明日からは冬休みだ。おっかあは仕事だからって結局パス。

「きゃー、さつき、みやこ、みのりー」

るり姉がお出迎え。

「みやこ、あんたまだその頭なの。腐った赤キャベツ通り越して、ラフレシア化してきたね」

ラフレシア。懐かしい。ポケモンキャラだ。

「るり姉、ラフレシアって世界でいちばん大きな花じゃないんだよ、知ってた？　もっと大きい花があるんだよ」

口を挟んできたのはみのりだ。

「スマトラオオコンニャクっていうのは三メートルあるんだって。死体みたいな臭いがするんだってさ。うちのクラスの大崎が言ってた」

鼻を膨らませて自慢気だけど、すぐにお姉ちゃんが、

「単体の花か、花序《かじょ》の花かの違いだよね」

と小難しいことを言ってきて、みのりは知りもしないくせに「まあね」なんて返事をした。お姉ちゃんがあきれた顔でみのりを見るけど、みのりはおかまいなしだ。

「なあに？　あんたたちすごいね。植物博士にでもなるつもり？　そもそも花序ってなによ。やっぱめんどくさいから、腐った赤キャベツでいいわ。それで充分」

あたしは、なぜか照れて頭をかいてしまう。

おばあちゃんが用意した豪華な夕食——ローストチキン、クラムチャウダー、鶏の照り焼きピザ、ポテトサラダ、ほうれん草のキッシュ（手作りはポテトサラダとクラムチャウダーだけだと思われる）——と、るり姉が買ってきたクリスマスケーキ。

「げっ、なにこれ？　アイスケーキじゃん」

お姉ちゃんが、なかなか土台に刺さらないろうそくと格闘している。

「ばれたか。だってむしょうにアイスが食べたかったんだもん」

やだよう！　冷凍庫いっぱいで入らないよ。ぜんぶ食べれるの!?　と声を荒らげたのはおばあちゃんだ。とりあえずおばあちゃんの叫びは黙殺して、電気を消した。ろうそくは三本。せーの、で「メリークリスマス！」と言ったと同時に、三姉妹でふうっと小さな炎を消した。年中行事のひとつ。昔からのお決まりのクリスマスイベント。

「はい、これプレゼントね」

るり姉が包みをそれぞれに渡す。

「靴下が十個も入ってるー！」

袋から靴下をポイポイ取り出してるのはみのりだ。しかもぜんぶ五本指靴下。

「あんたいっつもボロい靴下はいてるからさ。それにバレーのシューズで足が蒸れるだろうと思って、五本指のにしといたよ。かっこいいでしょ」

ありがとう、今こういうの流行《はや》ってるんだよ、学校で。みのりがうれしそうに返事をする。そう、本当に五本指靴下は流行っているらしく、みのりもよくはいている。不思議なブーム。あたしは絶対嫌だ。

お姉ちゃんへのプレゼントはネイルスターターセット。すげえ。これって超高いんじゃね？

「きゃあ、うれしいっ！　るり姉、本当に本当にありがとう！　マジ感謝！　超うれしい！」

お姉ちゃんが異様に喜んでいる。そういえば最近、爪をよくいじってるもんね。

「このさあ、手が気になっちゃってさ」

るり姉が言うのは、ネイルのトレーニングハンドである。去年もらった、キミドリに光る「手首くん」に似ている。

「不気味だよねー」

お姉ちゃんはそう言いながらも、うれしそうにトレーニングハンドをさすったりしてる。よっぽどうれしいんだ。

で、あたしへのプレゼントはというと、ヘアカラーとストパー液。カラーはもちろん「黒髪に戻す」ってやつ。るり姉が舌を出す。

「そうだよ、みやこ。前のほうがいいよ。さっさとまともに戻しなさいよ」

そう言うのは、アイスケーキを切り分けるのに四苦八苦しているおばあちゃんだ。

なんか最悪のプレゼントっぽい。センスないし、だいぶ不公平じゃね？　るり姉がニヤニヤしてるから、なんだかおもしろくなくて、わざとお礼は言わなかった。ちなみにおばあちゃんからのクリスマスプレゼントは、毎年お決まりの図書カード。まあ、これはこれでうれしい。

ピザやローストチキンを食べながら、途中アイスケーキをつまむという技を女五人で繰り広げた。カイカイはまだ仕事だそうで、終わりしだい来るってことだけど、アイスケーキはもう終わりそうな勢いだ。おばあちゃんの冷凍庫の心配はいらなかったってこと。

「お腹いっぱーい。もう無理。食べれない」

テーブルの上のものは、あらかた食べ終わっている。みんなすごい食欲だ。あたしは早々に戦線離脱。「太るよ」とお姉ちゃんに耳打ちしたら、にらまれた。

るり姉の携帯にカイカイからメールが来て、結局今日は来られないそうだ。年末はゲキ忙しいんだって。

「じゃあ、今日はあたしもこっちに泊まっていこうかな」

るり姉が言うけど、みのりやお姉ちゃんがいつものように反応しない。

「あれ？　あんたたちも泊まっていくんじゃないの？　明日日曜じゃん。それにもう冬休みでしょ」

うん、そうなんだけど、とお姉ちゃんの歯切れが悪い。実は今日は、おばあちゃんちに泊まらないで帰る予定。

「みのりが明日、早朝バレーボールなんだ。だから帰らなくちゃいけないの」

ネイルセットをもらったお姉ちゃんが申し訳なさそうに言う。みのりは神妙な顔をしてお姉ちゃんの話を聞いている。

「早朝って何時から？」

るり姉が聞くと、みのりが急に誇らしげに顔を上げて「七時」と答えた。

「このくそ寒いのに、かえって身体に悪そうだね」

るり姉の言葉に、今度はしゅんとするみのり。

「お母さん夜勤だから、あたしも帰らなくちゃいけないんだ。みのりが一人で夜越せないからさ」

お姉ちゃんの言葉に、みのりが「大丈夫だよ」と答えるけど、大丈夫じゃないのはわかってる。甘ちゃんのみのりは、夜を一人で過ごせない。でもアニーもいるから心配だよね、とつぶやくみのり。ちゃっかりアピール。

「あらあら、じゃあもう早く帰らなきゃだめじゃない。こんな遅くなって」

おばあちゃんが慌てたように支度をはじめる。頂き物のお菓子や、お歳暮でもらった調味料なんかを紙袋に詰めている。

「これ、けい子に持ってってやって」

重い袋を見て、お姉ちゃんは一瞬顔をしかめたけど、みのりが「あたしが持ってあげる」と、点数を稼いだ。もうすぐお正月でお年玉が近い。

「みやこはどうすんの？　あんただけ泊まってけば」

お姉ちゃんがあたしに振ってくる。あたしはべつになんでもいい。どうせヒマだし、キング先輩んとこはキングママがいるし。

「みやこ、泊まってきなよ！　ひさしぶりに二人であそぼうよ」

るり姉にこう言われると、なんとなくわくわくしてしまうのはなぜだろう。でもその反面、胸にざらっとしたものも残る。

「どっちでもいいや……」

プレゼントの件もあってあやふやに返事をしたけど、「決まりだよ」というるり姉のはずんだ声を聞いて、ちょっとだけうれしくなった。

おばあちゃんの持たせてくれた荷物が意外とたくさんあって、駅までるり姉が車で送っていくことになった。「いいなあ、あたしも泊まりたいな」とお姉ちゃんが言う。みのりが、困ったような顔をしている。ちょっとかわいそうかも。

「でも、もうすぐお正月だよ。大晦日から来るんでしょ」

るり姉が言うと、お姉ちゃんより先にみのりが「行くよ行くよ」とはりきって答えた。

「ばいばい」

車から降りた二人に手を振ると、お姉ちゃんがひと言「ずるい」と小さな声で言ってきた。知らん顔すると、「いいもーん。いいやつもらったから」とプレゼントのことを言い出したので、頭にきて完全無視した。

るり姉の車は汚い。って、うちのおっかあほどじゃないけど。おっかあのマーチの場合は、言い方を変えると「ゴミ箱」。不要なものがほうぼうに限りなく落ちている。るり姉のワゴンRの場合は、「空き家あります」って感じ。人が住んでない家にほこりがたまってる、みたいな。

「あたし、車を掃除する人の気が知れないんだよね。だって車だよ。交通手段だよ。なんで掃除すんの？　意味わかんない。カイはよくやってるみたいだけど」

るり姉が言ってることのほうが意味わかんないけど、めんどいから言わない。

「このままどっか行く？　みやこくらいの歳だとカラオケとかがいいの？　あ、ゲーセンとか？」

どっちもイマイチだなあと思って、るり姉の顔を見たら、ふうん、と眉を上げられて、「じゃあ、バミューダパンツ行こう！　決まり！」と、肩を組まれた。

バミューダパンツ、と聞こえたのはあたしの聞き違いで、るり姉が言ったのは「まみゆうださんち」で「真生田《まみゆうだ》さんち」だった。真生田さんというお宅は、クリスマスイルミネーションの家だった。こないだユキと見た家の何十倍も凝ってたし、きっと何十倍もお金をかけている。

「すっげーでしょ」

「うん。超すっげー。ゲキすっげー」

そう言うと、るり姉は笑って、あたしの真似をして、ちょうすっげーげきすっげーと何度も繰り返した。

真生田さんちの家のなかも暗かった。見物に来る人たちのために、見栄えをよくしてるんだなと思っていると、るり姉が「ろうそくつけて、家族で膝抱えてひっそりと時間が過ぎるのを待ってるんだね」って言うから、その光景を思い浮かべてみる。けっこう悲しい、と思った。

「みやこ、十四でしょ」

「うん」

「十四ってすごくない？」

あたしが黙っていると、十四ってなに考えてんの？　とまたもや答えにくい質問をする。

「べつに……。るり姉は？」

「あたしの十四？　あたしはもうてんでダメだった。学校もろくに行かなかった。今で言う不登校の先がけかも」

そう言って、ふふふうっと笑う。あたしは「不登校」と「るり姉」が結びつかなくて、ぽかんとしてしまう。

「意外？　意外でしょ。ふふっ」

「……いじめ……とか？」

これまたるり姉とはぜんぜん関係ない場所にある言葉だと思ったけど、なんとなく聞いてみた。だってうちの学校の不登校生徒は、みんなそれが原因だから。

「違うよう。いじめられてなんかやるわけないでしょう、このあたしが」

鼻の穴をおおいに広げて言う。真生田さんちの前には、あたしたち以外にも見物の人がいて、写メを撮りまくっている。

「なんかさー、息ができなかったんだよねえ。あ、こんな言い方、かっこよすぎ？　なんて言うのかなあ、もう嫌だったんだよね。学校とか友達とか勉強とかぜんぶ。部屋に引きこもって、泣いたり、本読んだりマンガ読んだり、そんでもってまた泣いたりしてたんだ」

ふうん、と言うしかなくて、ふうんと言った。

「みやこったら、また笑ってるよ」

笑ってないのにそう言われたから、ははっと声を出した。登校拒否ってたんだ、引きこもってたんだ、と言いながら笑ってみた。

登校拒否も引きこもりも、そのどっちともるり姉とはかけ離れてる感じがして不思議だったけど、笑って言ってみると、ほんの少しだけその距離は縮まったみたいだった。

「だから、みやこは腐った赤キャベツでもエラいよ。学校行っててんだから」

ふうん、と鼻息だけで答えたと思ったのに、あたしの口からは突然、意外すぎる言葉がぱらぱらと出てきた。

「るり姉は、なんでまあ兄と別れたの」

自分でもびっくり。なんで急に、こんな場面でこんなこと言っちゃってんだろう。まみゅうださんちでクリスマスイルミネーション見てる最中に。ばか？　あたしって。

ほんの一瞬、るり姉はふいをつかれたような顔をしたけど、そのあと、がはは一と笑った。

「やだー、なあに今さら。もしかしてずっと気になってたの？」

ううん、と首を振る。気になってたなんて、そんなことぜんぜんない。今急に言葉が勝手に出てきちゃったんだ、と口に出せずに思う。

「なんかごめん。あたし、あんたたちにものすごく悪いことしたみたいな気分になってきたよ。まあ兄が急にいなくなってつらかった？」

つらかった？　とそんなふうに聞かれたら、本当はこれっぽっちもつらくなんてないのに、なぜか涙が出そうになった。

「別れた理由かあ、なんだろうな。もう一緒にいる意味なくなっちゃったのかなあ。どっちでもいいなら、一緒にいるより別れたほうがいいと思って」

ふうん、とサンタの人形が梯子《はしご》を昇る姿を見ながら、返事をする。あたしの今までの人生のなかでいちばん多く使われた言葉、そしてこれからもいちばん使うであろう言葉は「ふうん」だな、とばかみたいに思いながら。

るり姉の言ってることはよくわからないし、むずかしい。一緒にいる意味がなくなったって、どういうこと？　どっちでもいいなら別れなきゃいいんじゃない？

うちのおっかあみたいに、きちんとした理由がなくちゃ、リコンなんてしちゃいけないんじゃないの？　っていっても、おっかあに直接理由聞いたことなんてないけど。でも、るり姉みたいにそんなあやふやな感じじゃなかったのは確かだ。うちの場合は、リコンに値する関係だったってなんとなくわかるから。

「カイカイより、まあ兄のほうがよかった？」

そんなびっくりしてしまうような質問を、ずけずけと普段通りの顔でるり姉が投げかけてくる。あたしだってもう十四だ。そんなずけずけしたことって、言葉に出しちゃいけないはずだ。

カイカイもまあ兄もどちらもいい人だ。でもあたしには関係ない。だってもし、カイカイとるり姉がまた別れたら、あたしとカイカイはそれっきり、もうなんの関係もなくなっちゃうんだから。あんなに仲良くしてたまあ兄とだって、この先もう一生会うことはないだろうし。

身勝手だなあ、とふいに思った。るり姉もおっかあも。

「どうかした？」

なんでもない顔で聞いてくるるり姉に、ちょっとだけ腹が立った。るり姉に対してのこんな感情、はじめてだった。

るり姉の昔の彼氏たちをおぼろげながら覚えている。一人、二人、三人。名前なんてもちろん知らないけど、会った記憶がある。おばあちゃんちに遊びに行くと、るり姉はいつも誰かと一緒にいた。ひとときだって一人ではいられないみたいに、必ず誰かと一緒だった。

相手は替わっても、みんな小さなあたしたちにやさしくしてくれた。肩車をしてくれたり馬になったり高い高いをしてくれたり。まだなんにも考えてない子どもの頃だったから、無条件にたのしかった。

それからるり姉は、まあ兄と結婚した。まあ兄はがっちりタイプだったから、あたしたちが三人で飛び掛かってもびくともしなかった。三姉妹を背中や肩や腕に乗っけて、ずんずん歩いてくれた。

るり姉。るり姉って奔放な女だったんだね。

るり姉の横顔をちらっと見ながら、心のなかで言ってみる。けど今、るり姉は映画に夢中。好物のキャラメルポップコーンもちっとも減ってないくらい。

まみゅうださんちをあとにして、あたしたちはレイトショーの映画を観にきた。おばあちゃんに電話を入れたら、「まったく、るり子はしょうがないね」とちょっと怒りモードだったけど。

あたしたちが観てるのは、地味なイラン映画。人気がある邦画恋愛ものと超大作ファンタジーものは、イブだというのに（イブだからか？）かなり混んでて、いい席がなかったし、そもそもるり姉ははなから観る気がなかったらしい。あたしはＳＦ系の超スペクタクルが好きなんだけど、すげなく却下。結局るり姉の趣味に付き合わされただけ。

さっきからおんなじ風景ばっかりだし、貧乏な家族の地味すぎる会話が繰り広げられてるだけで、ちっともおもしろくない。塩味のポップコーンはすぐになくなっちゃったし、館内があったかいせいか、さっきから生あくび連発。だからちょっと他のこと考えてた。例えば、るり姉の歴代の彼氏とかエトセトラ。

げっ。

ずずって音がしたからまさかとは思ったけど、るり姉、泣いてる！　こんなつまんない映画のどこで泣けちゃうわけ？

「あー、感動した」

映画館の暗がりから出たとたん、大きな声でるり姉が言う。ハンカチでしつこく目を押さえている。

「みやこ、ろくに観てなかったでしょ」

バレてたか。だって、ぜんぜんおもしろくなかったんだもん。そう言うと、「まだまだ子どもだねえ」と、ぶーんと洟をかみながら言われた。

「はい、これあげる」

おばあちゃんちに戻って、お風呂に入って、寝ようとしたところでるり姉が言った。

おばあちゃんちに泊まるときは、たいていおばあちゃんの部屋で寝るんだけど、おばあちゃんは起こされるのが嫌だったのか、るり姉の部屋に、あたし用の布団が置いてあった。るり姉の部屋は昔のままになっていて、ベッドもそのままだ。どっちがベッドで寝るかは、これからジャンケンで決める。

手渡された紙袋を開けてみる。けっこう重い。あっ、これは……！　足首である。去年の手首の姉妹品であろう「足首くん」だ。

「ふふふっー。ほんとはこれがクリスマスプレゼントだったのだよ」

るり姉が、探偵みたいな口調で言う。電池を入れる。キミドリ色の足首が、くいっく、くいっく、と動く。甲の部分の骨や筋のでっぱりが妙にリアル。

「ブキミー、キモい、サイコーだね！」

るり姉のはしゃぎように、あたしも大きくうなずく。ナイスなプレゼント。明日、これでみのりを脅かしてやろう。

「ありがとう」

お礼を言ってから、ジャンケンした。るり姉は「最初はグー」っていうのが嫌いだから、いきなりの「ジャンケンポイ」で、あたしが思わずグーを出したら、まんまとパーを出されて、あっさりと負けてしまった。

「だいたいさあ、なんで最初がグーなのよ。そんなの誰が言いはじめたのさ」

勝ったくせに文句を言いながら、るり姉がベッドに入る。あたしは、ちぇーっとおおげさに言ってみる。

「あ、布団の人、電気消してよね」

ったく。るり姉のペースは癪《しゃく》だけど、「足首くん」をもらったから、素直にスイッチを押した。ぱちんという音が、夜の静けさのなかによく聞こえた。

フローリングの上の布団はしんしんと冷たい。

「こっちで寝るのひさしぶりだあ」

るり姉が言う。気配であたしの方を向いているのがわかる。少しして目が慣れてくると、部屋のなかはけっこう明るかった。カーテンのすき間から外の薄明かりが洩れている。

「カイカイは？」

「職場に泊まり込みだってさ」

本当に大忙しらしい。

夜が深まってくると、さっきのことが急に気がかりになってきて、反省する気持ちがふつふつと湧いてきた。まあ兄のことを聞いたりするのはフェアじゃなかった。ごめんね、と謝りたいけど、そう簡単に言えるもんじゃない。

「みやこ？　もう寝ちゃったの？　みやこ」

「起きてるよ」

「よかったあ」

先に寝られるとなんかムカつく、だって。それはこっちのセリフだっつーの。

夜の布団のなかでのおしゃべりは、ちょっとだけたのしい。とんでもない告白も、夜にすれば大丈夫のような気がしてしまう。

キング先輩って人がいてね、とあたしはしゃべり出す。るり姉が、ふんふんと相槌を打つ。あたしはキングママのことを話し、キングママが少しるり姉に似ていることも話す。

「えー！　キングママって何歳よ？　十六の子どもがいるんだあ、すっごいなあ」

薄闇のなか、るり姉の興奮気味の声。すっごいなあって言ったって、うちのおっかあだって、十五を筆頭に三人の娘がいるんだから、そんなに驚くことないじゃん。そう言うと、そっかあ、そっかあ、早いなあ、なんて、突然しんみり口調で答える。

「子ども産もうかなあ」

るり姉が言う。「産めば？」とあたしは答える。だって、あたしのいとこになるわけだからさ。

「かわいがれるかなあ」

さあね、と答える。でもあたしはかわいがってあげるよ。

ふふっ、ありがと、みやこ。

「あたし、お父さんに会ったんだ」

え？　と思ったのは、このあたしだ。なんでまた勝手に口が動いちゃってんだ？　なに言ってんの、あたしってば。

「いつ？」

「もう、けっこう前。中学の入学式んとき」

そうなんだ、とるり姉が言う。どうだった？

「ひさしぶりすぎてびっくりした。おっかあには内緒だよ」

「うん」

もっとなんか聞かれるかな、って思ったけど、るり姉はそれ以上聞かなかった。ちょうどよかった、あたしもう答えたくなかったから。あたしは枕元にあった「足首くん」の電源を入れた。

じーっという音とともに、くいっく、くいっく、と「足首くん」が動く。夜のなか、蛍光キミドリに光るそれはなんとも気持ち悪く、やけにばかばかしく、妙に悲しかった。

中学の入学式の日、式だけに参加して慌てて仕事に向かったおっかあは、もちろん知らない。新しいクラスでのホームルームが終わって、家に帰る途中で声をかけられた。声の主はお父さんで、まじでびっくりした。まっさきに、やばい、おっかあに怒られる、って思ったけど、「お昼ご飯食べよう」と言われて、ついていった。すぐそばのファミレス。

「中学入学おめでとう」

とお父さんは言って、あたしは、うん、と答えた。「ありがとう」っていうのは、違う気がしたから。

「なんでこの中学だってわかったの？」

「偶然。勘が働いた」

ほんとだかうそだかわかんなかったけど、おっかあが知ったら卒倒するだろうなと思った。

「顔とか変わらないけど、大きくなった。メルモちゃんみたいに」

あたしを見てお父さんは言った。なんとなく大昔のことを思い出した。こういうしゃべり方をする人だった。はっきり言えば意味不明。

目の前にいるお父さんは、大昔の記憶をたどって思い出してみても、あきらかにぽっちゃりしていた。そして、髪型がへんだった。

「それってヅラ？」

と少しだけ遠慮がちに聞いてみた。

「じげ」

とお父さんは答えた。ボブ？　おかっぱ？　マッシュルームカット？　なんていう名前のスタイルかわからなかったけど、お父さんにその髪型はぜんぜん似合っていなかった。出来の悪いフィギュアみたいだった。これが本当のフィギュアだったら、るり姉が大喜びしそうだけど、生《なま》の人間だから気持ち悪がるだろうと思った。

「へんだろう？」

とお父さんが言ったから、「うん」と答えた。おっかあがリコンしたとき、あたしは保育園の年長さんで、そのときお父さんの髪は、坊主みたいなスポーツ刈りだったと記憶している。

あたしはお父さんの髪をじろじろ見てしまう。天使の輪ができている。さらさらのきれいな黒髪だ。

あたしは、タンタン麵を食べた。けっこう辛くておいしかった。お父さんはとんかつ定食を食べた。脂っぽいな、と言いながら食べていた。

特にしゃべることはなかった。お父さんも話しかけてこなかったし、あたしも話すようなことは見当たらなかった。

「よかった」

と会計を済ませたあと、お父さんは言った。きっと、会えてよかった、という意味だろうと推測した。

「お姉ちゃんやみのりに会った?」

店を出たあと聞いてみた。やっぱりそれが気になったから。お父さんは、「会ってない」と素っ気なく答え、それから、「それじゃあ」とあたしに向かって軽く頭を下げて、どんどんとどこかへ歩いて行ってしまった。だから、あたしもとっとと帰った。

家に着いて自分の部屋に入ったとたん、顔がにやけた。うれしかったのだ。あたしはずっとお父さんに会いたかったんだ、うんと恋しかったんだと、会ってみて強く思い知ったのだった。会いに来てくれてありがとう、と心から思った。

お姉ちゃんとみのりはどちらかというとお母さん似だけど、あたしはお父さん似だ。顔のつくりもそうだけど、特に髪。お母さんはくせっ毛だし、お姉ちゃんもみのりもちょっとしたねこっ毛だ。姉妹のなかでまっすぐの黒髪はあたしだけ。お母さんやお姉ちゃんはいつもうらやましがるけど、この髪がお父さんゆずりだったなんてね。

ファミレスではたから見た人は、あたしたちのこと、すぐに親子だって思っただろうな。だって髪型おんなじだもん。そう思うと、なんかおかしくて、そしてちょっとうれしかった。

実はこのあとに、あたしは髪を腐った赤キャベツ色に染めて、パーマをかけたのだった。自分でもなんで急にそんなことしたのかよくわからない。でも、お父さんとおんなじってことがわかったからもういいや、って思った。安心したのだ、とても。

「気に入ってるんだ、この頭」

朝の爆発頭をるり姉に笑われて、前のお菊に戻しなよ、と言われたから、あたしはそう答えた。

「すごく気に入ってるんだ」

「まあ確かにちょっとおしゃれな感じはするよね。でも、みやこの路線はオシャレ系じゃないでしょ？　ヤンキー系じゃん。いっつもKANI《カナイ》ジャージだし。その髪にはロンスカとかブーツがお似合いだよ」

るり姉が言うように、この頭といつものジャージはイマイチ合わない。でも、一応学校ではヤンキーって括《くく》りになってることだし、中学時代はこのままでいこうって決めてる。

実際の話、あたしはマジでヤンキーとかに興味ない。髪が腐った赤キャベツ色だからって、イコールヤンキーってことじゃないんだけど、不思議なことにいつのまにかあたしはヤンキーにされていた。

で、面倒だから、そのままヤンキーになじんだってわけ。そのほうが簡単だし、わかりやすいじゃん。ヤンキーでいるのって超楽ちん。ちょっとのやさしさでもおおげさに喜ばれるし、言葉遣いも悪くて当然って感じだし。ヤンキーついでに、耳にピアスの穴も開けちゃったし。

それにカイカイのお古の、龍とか和モノの服も嫌いじゃないし。ユキとも仲いいし、キング先輩もアンナ先輩も好きだし。中身はいたってふつうの、どちらかというと物静かな十四歳ってわけなんだけどさ。

頭のなかで、誰にともなく説明している自分がちょっと滑稽で、笑えた。


「キングママ、もう帰っちゃったんですかー」

思わずユキと声がそろった。

「ああ、よかったよ。三日で俺、四キロ痩せたの、四キロよ」

キング先輩が、やつれた顔で言う。キングパパが迎えに来たらしい。

「やっぱ、おじいちゃんじゃなくて、お父さんだったんですね」

ユキが突っ込み、キング先輩はもごもごと口ごもり、結局はごめんと謝った。

「お父さんいるだけいいじゃないっすか。ねー?」

ユキがあたしに同意を求めるから、あたしも「ねー」って言った。ユキのお父さんはマジで行方不明らしいし。

「みやこに会いたがってたから、また急に来るかもしんねえな」

キング先輩がそんなことを言うから、あたしもちょっとだけキングママに会いたいような気持ちになった。

キングママ、顔とかしゃべり方はるり姉と似てるかもしれないけど、中身はだいぶ違ってたなと、今さら思った。ひと言で言うと、キングママは陽気で、るり姉は複雑って感じ。

今まではるり姉のうわっつらしか見てなかったけど、あたしがもう少し年をとったら、るり姉の考えること、いろいろとわかるかもしれないって思ったりする。

「みやこ、お正月どうすんの？」

ユキに聞かれ、あたしは「おばあちゃんち」と答える。ユキが「いいなあ」といつものように言う。

「ユキはたすくと初詣でしょ？」

と言うと、まんざらでもなさそうにテヘへと笑った。

クリスマスに会ったとき、るり姉からカイカイの洋服をもらったけど、サイズがあきらかに合わないものは、たすくにあげた。ヤンキーだからぶかぶかで着るのがいいんだけど、あんまりでかいとエロくなっちゃうから。たすくは大喜びしてた。あいつ、お坊ちゃんだから、普段の服はお母さんが買ってくるブランド物ばっかだ。

るり姉、カイカイと結婚してくれてよかったよ。洋服たくさんもらえて助かっちゃってるよ。まあ兄の趣味はふつうだったもんね。あれじゃダサすぎて、あたしたち着られなかったよ。

クリスマスプレゼントにもらった「足首くん」を夜中にみのりに試したら、マジで絶叫して、半泣きになっていた。アニーがその声に驚いて、じゅうたんにおしっこしちゃって、おっかあに超怒られた。

黒髪に戻すヘアカラーとストパー液は、まだとっておくことにする。それをいつ使うかはわからないけど、なにか特別なことがあったときにしようかな、なんて考えてる。元のまっすぐな黒髪だってけっこう似合うんだから。そう、ひそかに思っている。

第四章　開人――去年の秋

ひと目惚れってやつだ。これは絶対運命だって思った。芸能人が使う「ビビッ」ってやつ。あれ、本当だ。実際ビビッて音がしたし、脳天から足の先まで震えがきた。

先輩に付き合わされていやいや行った飲み会。当日の朝に急に誘われて、何度も断ったのに、いいからいいから、と最終的には強制連行された。これまでにも、こんなことはもう何十回もあって、そのたんびハズレばかりでほとほと懲《こ》りていた。

リーダーの麻生《あそう》さんは、営業に行く先々で女の子と約束を取り付けてくる。ったく、そんなに行きたきゃ一人で行きゃあいいのに。一緒に暮らしてる女がいるくせになんなんだ。もう一人のすーさん先輩も別居中とはいえ妻子持ちなんだから、ひょこひょこ喜んで麻生さんの飲み会についていくなっての。

よくある居酒屋チェーン。お座敷席のいちばん奥のテーブル。るりちゃんは、壁に寄りかかるようにして退屈そうな顔をしていた。

目が合った。ビビッ。

アホな先輩二人はこの期《ご》に及んで遠慮して、なかなか靴を脱ごうとしなかった。どもども、遅れてすみません、と頭を下げてばかりいて「ほら、お前先に行け」などと、最後尾にいる俺に命令し、いつもだったらムカつくけど、そのときばかりはこれ幸いと思って、見事るりちゃんの隣をゲットしたのだった。ラッキーラッキー大ラッキー。心のなかでガッツポーズを決めた。

枕元ではなく、足元側のドレッサーの上に置かれた目覚まし時計がけたたましく鳴っている。隣で寝ているるりちゃんに向こう脛《ずね》を蹴られ、ベッドからのそのそと起き出す。小さいくせに、信じられないくらいのやかましさで鳴り続ける目覚まし時計の頭を、ばしっと叩く。

ジッ

という名残惜しそうな尻切れ音。

ベッドに戻り、るりちゃんが頭からかぶっている掛け布団をちょっとはがして、

「新婚さん、いらっしゃーい」

と例のポーズを決める。朝六時。

「ぜんぜん似てないんだけど」

そう言うるりちゃんのセリフも毎朝のことだ。まだ寝てていいんだよ、と半ば本気で声をかける。これもいつものことだ。

「女がすたる」

るりちゃんがそう言って、がばりと起き上がる。それからの行動はまるでビデオの早送りのようにすばやい。

顔を洗ってヒゲを剃っている間に、るりちゃんが朝食をこしらえる。それから、気合の入った手早さでお弁当をつくる。昨日の晩から下ごしらえはしてあるみたいだけど、マンガのような動きで弁当箱におかずを詰めたり、電子レンジでチンしたりしている。テーブルの上にはハムチーズトーストと、るりちゃん特製の栄養ドリンク。これが俺の朝飯。栄養ドリンクには、バナナ、きなこ、黒ごま、ヨーグルト、牛乳、粉末の青汁が入っている。見た目は非常に悪く、ヘドロのような色をしているけど、意外にもけっこういける。

るりちゃんと暮らすようになって、ほとんど十年ぶりに朝食を食べるようになった。ときたま胃が慣れなくて、オエッとえずきそうになるけど、必死でこらえる。

六時二十五分。行ってきます、と言ってスニーカーを履く。

「行ってらっしゃい」

弁当箱を渡される。はれぼったい目をしたるりちゃんを、ぎゅうっと抱きしめる。T

シャツはるりちゃんの寝汗の匂いがして、今すぐにベッドに戻りたい衝動に駆られるけど、ぐっと我慢。

るりちゃんの笑顔に見送られて家を出る。３ＤＫのアパート。駐車場付きで八万九千円。三十五万で買った中古のラルゴで仕事場へ向かう。みんなで乗れるのがいいから、とるりちゃんに言われ、泣く泣く買い換えた。みんなというのは、るりちゃんのお母さんとるりちゃんのお姉ちゃんと、そのお姉ちゃんの三人娘のことだ。

俺の愛していた86《ハチロク》レビン。いろんなパーツを集めて結局二百万くらいはかかったけど、買い取り価格は二十万だった。悲しすぎる。

でもしかたない。るりちゃんが86の助手席に乗った記念すべき一回目、一キロも走らないうちにるりちゃんは吐いた。あれが最初で最後の二人だけの走行だった。

ラルゴでぶっ飛ばして、六時五十分に倉庫に着く。

「はよっす」

「おう」

麻生さんがもう半分くらいの積荷をしている。人間的には好きじゃないけど、仕事はちゃんとやる人だ。っていうか、ただのバカ力だと思ってる。

事務所に寄って、喜多《きた》ちゃんに伝票を出してもらう。喜多ちゃんは俺と同い年の三十一歳。前髪をすだれみたいにおろして、残りはがっちりとハードスプレーで持ち上げている。サイドはなんていうのか昔のサーファーカットみたくなっていて、うしろは毛先にいくほど薄く長くなっている。

髪の色は茶というより、古いスナックでよく見かける、けばだったソファーみたいなえんじ色だ。一直線三十度に描かれた細い眉と、同じく三十度につりあがっている細い目には、ゴールドのラメのアイシャドウ。薄い唇には、これまたスナックのソファー色の口紅がやけにくっきりと塗られている。るりちゃんの言う、昭和のヤンキー。喜多ちゃんはなぜか俺と同じ匂いがする。

「はい、ふじもっちゃんの伝票。今日はけっこうあるね」

喜多ちゃんが伝票に目を通してにやりと笑う。喜多ちゃんには小学生の子どもが二人いる。旦那なし。どうやら麻生さんと、一時期そういう関係だったという噂があるが定かではない。けど十中八九当たりだと思っている。いたいけな十代からヤンキー主婦まで、麻生さんには節操というものがない。

今日のルートと積荷の伝票を確認する。三十件ほどの顧客。三トントラックで、四回は積みに戻らないとならない。いちばんハードな木曜日だ。

この仕事をしてると嫌でも力がつく。麻生さんもすーさんもひょろっと痩せていて一見なよっちく見えるけど、とんでもなく力がある。俺にしたって、かなり見かけによらないと思う。新居への引っ越しのとき、一キロ先のアパートまで、るりちゃんの使っていた洋服箪笥を担いでいった。

「ムリムリ、絶対無理！　やめてやめて」

とるりちゃんは止めたけど、持ってみたら思ったより軽くて平気そうだったから、ものは試しにやってみた。道行く人たちに指をさされ、小学生たちには拍手された。

俺は瘦せているのがコンプレックスだったけど、るりちゃんと一緒になって十キロほど体重が増えた。それまでは日に一食、夜中にドカ食いって感じだったけど、今はまあまあ規則正しく食っている。

つき合いはじめた頃、いったい体重何キロなの？　としつこく聞かれ、五十二キロくらい、としぶしぶ答えたら、「げー、あたしとたいして変わんないじゃん！」と、なぜかキレられ、「いや、五十四キロはあると思う」と答えなおしたら、るりちゃんは体重計を持ってきて、あごでしゃくった。おそるおそる乗ってみてびっくりした。

「げー！　なにこれ？　四十九キロだって！　信じらんない！　ばかじゃん」

るりちゃんが驚くのも無理はない。自分だって心底驚いた。四十キロ台だったなんて。えらいショック。マジショック。ハードな仕事と不規則な食事のせいだろう。るりちゃんの哀れむようなまなざしがきつかった。

あれから二年ちょい。現在の体重五十九キロ。少しでもがっちり見せようと、それまでTシャツは必ず重ね着してたけど、今では一枚でも着られる。ありがとう、るりちゃん。

「おう、ぼけっとしてねえで早く積んじゃえよ」

わかってるっての。るりちゃんと結婚してからというもの、麻生さんの機嫌が悪い。やきもちだな、と俺は勝手に思っている。

フォークリフトでビールをワンパレット運び、トラックの荷台にぴったり付ける。ワンパレ三十ケース、五ケースずつを引きずるように引っ張って荷台に積み込む。バラの焼酎や日本酒やワインを確認しながら積む。小さな酒屋はバラ納品がほとんどだ。一回戦目の荷物を積み終わったところで、すーさんが来た。いつも思うけど、すーさんの仕事って、えらく少なくないか。なんでこの時間に来て間に合うんだ。そのわりに戻ってくるのはいちばん早いし。

「むかつくなあ、開人《かいと》のそのニヤけた顔は」

麻生さんが俺の顔を憎々しげに見る。

「新婚さんはいいなー。俺んとこ今大変。調停とか、わけわかんねえ方向にいってんですけどー」

すーさんだ。そういえば離婚するとかしないとか言ってたっけ。頬がげっそりこけている。Tシャツの襟ぐりもでろんでろん。貫禄なしのしなった細いひげがまばらに生えている。相手するのも面倒くさいし時間もないから「先行きます」と言い残して、トラックに乗り込んだ。

16号線はいつだって混んでいる。マルボロライトに火を点ける。座席の背後には、般若のお面。るりちゃんとまだ籍を入れる前、水族館デートしたとき、土産物屋になぜか置いてあったこいつを即買いした。

「ねえ、ほんとにほんとに本当にやめてよ」

と、めずらしくるりちゃんが本気モードで懇願してきたけど、ごめんねごめんね、と謝りつつ、俺はこいつを二つ購入した。一つ二千九百円、二つで五千八百円。高いのか安いのかわからない。あめ色の合成樹脂で出来ていて、手のひらくらいの大きさ。掛け紐も付いてるから、車に飾るのにぴったりだった。

レジで金を払い、品物を受け取って喜び勇んでいる俺に、るりちゃんは口を利いてくれなかった。

「それを家に持ってきたら承知しないから」

俺を無視して三十分後、ドスの利いた声で、実際俺のみぞおちにパンチを放ちながら、るりちゃんは言った。けっこうな力だった。痛かった。

入籍前は、るりちゃんちに居候《いそうろう》してたと言ってもいいくらいで、俺が借りてるアパートには、たまに着替えを取りに行く程度だった。

ビビッの飲み会後、麻生さんに頭を下げまくって、るりちゃんのメールアドレスを他の女の子から聞き出してもらった。飲み会の席では、電話番号はもちろんメールアドレスさえ、るりちゃんは教えてくれなかった。

俺は礼儀正しくるりちゃんにメールを打った。敬語の使い方がいまいちよくわからなくて、はじめてのメールはお礼を打ち込むだけで小一時間はかかってしまった。

飲み会のときは俺の歳が三つ下ということで、あまり相手にされなかったけど、るりちゃんは律儀かつ、非常に他人行儀に返信してくれた。社交辞令とわかったうえで、それを真に受けたふりをして、俺は熱いメール攻撃を開始した。そうこうしているうちに、いつしか電話番号もさりげなく聞き出し、声が聞きたいとメールをしたあと、返事も待たずに電話をかけた。るりちゃんの反応は意外にもよかった。電話口でころころとよく笑ってくれた。

そして、飲み会から一ヶ月半後、ついにるりちゃんちに遊びに行くチャンスが到来した。

呼び鈴を押すと、「いらっしゃい」とるりちゃんが出迎えてくれた。再会。心臓は高鳴って、マジな話、恥ずかしいけど膝ががくがくした。

電話ではあんなに饒舌《じょうぜつ》にしゃべれたというのに、素人ガールに慣れてない俺は緊張しまくって、ほとんどしゃべれなかった。本物のるりちゃんが目の前にいると思うと、頭のなかはヤバいヤバいで満杯になって、トイレを借りるときも、立ち上がった拍子に椅子を倒し、それを起こそうとして冷蔵庫にぶつかり、尻餅をついてまた椅子を倒すという体《てい》たらくで、歩いたら歩いたで、右手と右足を一緒に出す始末、トイレのドアではなく風呂場のドアを開けてしまうというアホぶりを発揮した。るりちゃんはあっけに取られて俺を見ていた。

あの日のことを、るりちゃんはいまだに言う。

「カイってばさ、なーんにもしゃべんないんだもん。すっごいつまんないって内心思ってたの。電話やメールじゃおもしろいのに、会ったとたんほとんど口利かないんだもん。かといって、帰る気配もぜんぜんないしさ。逆にあたしのほうが気を遣いまくって、もしかしてチューでもしたいのかなって思って、気を利かせて唇をとんがらせたら、思いっきり顔をそむけるしさ。わけわかんなかったよ。正直ムカついた」

すみませんでした。おっしゃるとおりです。返す言葉がございません。

緊張しまくってなに話していいんだか頭のなかまっしろで、でも、のこのこ帰るわけにはいかないし、そうこうしてるうちにるりちゃんが「キスしたいの?」とか聞いてきて急に顔を寄せてくるし、パニくった俺は「ちょちょちょちょっと」とるりちゃんを拒否っちゃうしで、もうぜんぶがぜんぶ大失敗の大失態だったのだ。

けどその日、俺はるりちゃんちに泊まっていった。当然だろうけど、るりちゃんはあからさまに迷惑だという顔をした。

「なんで泊まってくわけ？」

「なんでも」

「帰ってよ」

「いや、泊まってく」

「帰りなって！」

「いや、泊まってくよ」

「帰ってくださいよ」

「泊まらせてください」

そんなような押し問答をさんざん繰り返したあげく、結局面倒になったるりちゃんが、もう勝手にしてよ、とテーブルを叩いた。こんなずうずうしい男はじめて見た、と。その瞬間勝ったと思った。もちろん俺はベッドに寝かせてもらえるわけもなく、うすっぺらな掛け布団一枚あてがわれ、フローリングの上で夜を明かした。

それからも俺はるりちゃんちへ通った。呼ばれなくても当然のごとく行った。心底嫌われてないならば、行動あるべし。

「また来たの？」

と眉をひそめながらも、るりちゃんはドアを開けてくれた。俺はるりちゃんちに入り浸り、はじめの頃はうんざりしていたるりちゃんも、いつのまにか俺の魅力にとりつかれ、たまに俺が行かない日にいたっては、「今日はなんで来ないの？」とまで言うようになった。やっぱ、男はしつこくなきゃいけない。ビビッときたあの日、俺はるりちゃんを一生守っていくと決めたのだ。

駐車場の段差の振動で、カンカラン、と般若のお面が揺れる。一件目の配達場所はチェーン展開しているリカーショップだ。発泡酒やビールを三パレ、焼酎関係二パレ、ワインやウイスキーなんかのバラを二パレ。ちゃっちゃと下ろして運ぶ。体重が増えた分、前より楽に荷物を動かせるようになった。伝票チェックして、店の人に検品してもらってＯＫ。時間との勝負だ。積載量オーバーはもちろんのこと。すーさんみたいにでれんこでれんこやってたら、ぜんぜん終わんねえ。

サインをもらって、とっととトラックに乗り込む。一回戦目は1号線沿いに店が並んでいるからけっこう楽。うしろを確認してハンドルをゆっくり切る。トラックの運転はたのしい。

こいつ（この三トントラックのことだ）はほとんど俺専用だから、バンパーとかフロントグリルとかコーナーとかを少しいじりたいけど、こないだ、どこからどう見ても顔に傷アリの職業の人に見える社長に小言を言われたから、とりあえず保留にしている。

道を譲ってくれた水色のプレオに軽く手を上げて、国道に出る。カランカラン、と般若面が小気味良い音を立てる。外がだめなら、せめて車内だけでもと思っての般若面だ。

派手なクリスタルのシフトレバーとはちょっと不釣合いだけど、まあいいか。

お気に入りだった、般若が描いてあるトレーナーは、るりちゃんにしつこく捨てろと言われ、落ち込んだふりをしてうなずいたけど、実はこのトラックに載せてある。防寒用ってことで自分に言い訳している。

残念なことだけど、俺とるりちゃんの趣味はどこかが決定的に違うらしい。結婚して言われたのはまず服のことだ。俺の持っていた、鷹や龍や炎が一面に描いてあるトレーナーやTシャツをひと目見るなり、るりちゃんは顔を大仰にしかめた。

「え？　なになに、なんで？　もしかしてこおいうのイヤなの？」

るりちゃんは無言で、非常に険しい顔をした。

「洋服をぜんぶチェックします」

結果、ほとんどがだめであり、てんでわかってない、であり、こういうのを買う人の神経がわからない、となり、しまいにはこういうのを売っている店が悪い、と俺がいつぞや服を買った店までを、ひいては店員までもを悪く言いはじめた。

「るりちゃんこそ見る目ないよ。こんなかっこいいの他にないぜ。見ろよ、この鷹の目。いつでも獲物を狙ってるっていう目だよ。それにこの龍だってさ。めちゃくちゃかっこいいじゃん。そんで、この仁王だってさ……」

と言ったところで「うるさいっ」と怒鳴られた。

「ぎらぎらした鷹の目も、天に昇る龍も、にらみをきかせてる仁王様もどうでもいいっ！　とにかく、あたしと一緒のときは絶対に着ないでっ」

えー!?　と言ったら、頭をパシッとはたかれた。なにがそんなに嫌なのか。上着だけでなく、ズボンもことごとく逆鱗《げきりん》に触れるらしい。

「こんなのチョーかっこいいぜ」

片方に足が三本くらい入りそうな軍パンは、俺のお気に入りだ。

「こんなの工事現場のヤンキー兄ちゃんのニッカボッカより太いじゃん！　あたしだって軍パンとかカーゴパンツは好きだよ。だけどこれは違うじゃん。ウエストなんて倍くらいの太さあるじゃん。巾着みたいにベルト締めちゃってさ。どう見てもおかしいって。遠山の金さんの袴《はかま》以上の太さだよ」

「そうだよ、かっけーべ？」

そう言ったとたん、るりちゃんは無言で壁にパンチをくれた。俺の大部分の服は、空いたみかん箱に詰められることとなった。

「これもだめなの？」

と、黒地に白字で英語が書いてあるTシャツをつまみあげて、るりちゃんに聞いてみる。

だめだめだめだめだめ、とるりちゃんが早口でまくし立てる。

「だって、これなんて書いてある？　モダンマダム、ロックンロール、スピリッツ、オウ、イエイ、よ。で、こっちの青いのにいたっては、マザー、クッキング、シンキング、スタンダップ、だって。意味わかんない。しかもスペルも違うの。スタンダップのあとにeがついちゃってるよ。スタンダッペだよ、これ」

ふうん、と答える。べつにそんなのどうでもいいような気がしないでもない。外国人だって、よくへんな漢字のTシャツ着てるじゃん。

「捨てちゃうの？」

とおそるおそる聞いてみたところ、

「みやこにあげる」とのことだった。

「あの頭の？」

そうよ、となぜかるりちゃんは誇らしげに答えた。みやことというのは、るりちゃんのお姉ちゃんの子ども。つまり俺にとっても姪《めい》ってことになる。みやこの上にはさつきがいて、下にはみのりがいる。これまでに何回か会ったことあるけど、女の子っていうのはよくわからない。歳だって、聞くそばからわからなくなってしまう。みんないっしょくたのペンギンみたいに見える。みやこだけは髪の毛が赤いから見分けがつくけど。

「女の子がこんなの着るの？」

「みやこは着るのよ、こういうの。だってヤンキーなんだもん。でも、カイのヤンキーとは違うよ。世代が違うでしょ。今どきの子はこういうの着ても、おしゃれに見えるからいいの。でもカイが着ると、とたんに安っぽくなって昭和になっちゃうの。わかる？この違い」

るりちゃんは、またもや誇らしげに言うのだった。

次の店は、個人の酒屋だった。これから数件は個人商店が続く。

「ちはっす」

声をかけると、おばあちゃんがレジの椅子から手を振った。

「今みんな配達に行っちゃってるから」

と、新聞を読んでいた手を止め、メガネをぐいと下げて上目遣いをしてみせた。

「いつものところに置いておきますね」

裏の倉庫に回って荷物を下ろす。今日みたいに店長っていうか、息子さんが不在のときは検品しなくていいことになっている。おばあちゃんは足が悪くて倉庫まで行くのもひと苦労なのだ。検品しないと、あとから品物がないとかなんとかクレームをつけられることがあるから要注意なんだけど、この店は大丈夫。

そのまま国道を一キロほど進んだところに、次の「春日《かすが》酒店」がある。あっという間に目的地はやってきて、ウインカーを出して駐車場に入る。

「どうもー」

さっきの店と同様、ここもまたおばあちゃんが店先に座っている。

「いやあ、今ちょうど出ちゃったんだわ。どうしよう」

おばあちゃんが困った様子で言う。出ちゃった、というのはやはり息子さんのことだ。

「奥さんは？」

とたずねてみる。お嫁さんのことだ。

「今日は子どもの学校の用事だもんで、さっき出かけちゃったのよ」

げー。かなりヤバい状況だ。

ここは、店の奥に倉庫があって、その奥が自宅になってるんだけど、その自宅の庭に凶暴な犬がいるのだ。名前はサトシ。かなりでかい雑種犬で、いつもよだれをダラダラ流して、充血した目をギラギラさせている。ものすごい勢いで吠えまくって、しかも繋いでいる鎖がやけに長いから、倉庫の入り口まですげえスピードで走ってくるのだ。

息子さん（と言っても、四十代後半だと思うけど）の言うことならかろうじて聞くけど、あとはてんでだめ。奥さんの場合は、なんとかエサで気をひいてくれるけど、おばあちゃん一人じゃ埒《らち》があかない。

「なあんで、あんなになったのかねえ。おっかなくってしょうがないよ。あたしはね、誰もなでてやらなかったからだと思うよ。子犬のときのかわいがりが足りなかったんだよ。だから犬なんて飼っちゃだめって、最初にあたしは言ったのにさ」

これまで何度も聞かされた話だ。俺の心臓はばくばくと速まっている。実は一度、嚙まれたことがある。ほんのかすり傷で済んだのは、そのときたまたま作業着を濡らしちまって、私服のズボンにはき替えていたからだった。

そのときのズボンが、るりちゃんの嫌いな例のだぼだぼズボンである。サトシが飛びかかってきた瞬間、もうだめだと思った。足に衝撃があって、俺は狂犬病で死ぬんだ、と思って観念した。が、なぜか痛みがなかった。よくよく見てみると、サトシの牙は俺の脚には届かずに、だぼだぼズボンのポケット部分を嚙んでいた。

「おりゃあっ！」と大声で叫び、サトシが油断して口を開けた隙に全速力で逃げた。嚙まれたポケットは半分千切れていた。

「あれえ？　あんた結婚しなすったの？」

おばあちゃんが目ざとく俺の左手薬指の指輪を見つける。春日酒店のおばあちゃんは、いろんなことにすぐ気が付く。少し太ったんじゃない？　と言われたのも、このおばあちゃんにだけだ。

「そうっす。結婚したんです」

俺ははりきって答える。つや消しのプラチナリングの裏には、ＲｔｏＫとある。るりちゃんの指輪にはＫｔｏＲ。愛の証。結婚指輪は必需品だ。でも、荷物の上げ下げのせいで、すでに傷だらけだけど。

「そりゃあよかったねえ、近頃じゃ独身の男ばかりだからさあ。あんた、考えてもごらんよ、将来一人じゃつまんないよ。どうすんのさ、男やもめでさ。よかったねえ、嫁さん見つかって」

ふんふんとうなずきながらも、俺の頭のなかはサトシのことでいっぱいだ。さて、どうするか。とりあえず積荷をトラックから下ろして、おばあちゃんに検品してもらった。

がるるるっーるるる　がるがるるるるーっ

巻き舌のサトシのうなり声がすでに聞こえる。ビール四ケースとバラの焼酎と日本酒だから一回で運べるけど、それを持って走るのは到底無理だよなあ。今日はだぼパンじゃないし。

サトシとの決着の後、そのときの勇姿をるりちゃんに話し、半分千切れたポケットを見せたところで、るりちゃんは折れてくれた。だぼパンは捨てなくて済んだ。

「おうっ、藤本くんよう」

駐車場に入ってきた軽トラの窓から、息子の春日さんが顔を出した。よかった！　ナイスタイミング。

「ごめんごめん、急な用事ができたんでちょっと行ってきたのよ。まだ藤本くん来ねえだろうなと思ってさ」

俺はこめかみをぽりぽりとかいて、すみませんと軽く頭を下げる。

「サトシにやられて怪我でもされたらこっちも困るもんなあ。ったく、留守にもできねえよ、サトシの奴。なんであんな凶暴になっちまったのかねえ」

春日さんもおばあちゃんに似て、けっこうなおしゃべりだ。でも、いつでも笑っているようなやさしげな顔は好感が持てる。それもおばあちゃんにそっくりだ。

春日さんにサトシを引き付けておいてもらって、ようやく荷物を下ろせた。その間もサトシは、がるぐるるうっと、よだれをだらんだらん垂らして俺を見ていた。


家に着いたのは、夜十時近かった。これでも速攻帰ってきた。麻生さんは配達からまだ戻ってなかったけど、すーさん先輩がヒマそうに「ジャンプ」を読んでたから、先に帰ると伝言しておいた。

「ただいまんぐーす」

と言うと、るりちゃんが「おかえりんどばーぐ」と飛び出してきた。このくだらなさが最高にたのしい新婚生活である。

「はい、これ」

ビニール袋に入った梨をるりちゃんに手渡す。農道を走ってるときに無人販売所があったから車を停めて買ってきた。るりちゃんは梨が大好物である。梨というよりは果物全般が好きらしい。夏はスイカを一度に半玉も一人で食べ、二切れ食べただけで腹の調子が悪くなった俺を大いに驚かせてくれた。

「わーい！　梨だ梨。去年もたくさん買ってきてくれたよね。もう季節は秋かー。そういえば、夜になるとスズムシの声が聞こえるもんね。セミっていつの間にかいなくなっちゃったよね。秋の夜長かあ。秋が来たってことは、あっという間にクリスマスでお正月だね」

るりちゃんが梨を受け取ったまま、俺にというよりはむしろ自分に向かってしゃべっている。るりちゃんはいつだって季節を惜しむ。惜しむわりに先回りする。過去に行ったり未来に行ったりして涙ぐんだりする。女の子っていうのは、みんなこういうものなのかなあ、と時々不思議に思う。それじゃあ毎日疲れてしょうがないだろうにと、同情したくもなる。

「ご飯できてるよー。あたしは先に食べちゃったけどね。カイの好きなメンチだよ。面倒だったけど、今日は帰りが遅いと思って、出来合いじゃなくてちゃんとつくったんだよ。すごくおいしいよ」

るりちゃんがまとわりついてくる。さみしかったんだな、と思う。こういうときのるりちゃんて犬みたいだと思う。しっぽをぶんぶん振ってうれしさをアピールする従順なわんころ。わんころのときのるりちゃんは、俺に自信と男らしさをふんだんに感じさせてくれるから、こっちとしても扱いやすいし、うれしいし、てっとりばやい。

でも普段のるりちゃんはわんころではなく、にゃんころだ。自由気ままで、自分が求めたいときだけ甘えて、あとは知らん顔。すり寄ってきたかと思えば、いきなりするどい爪で容赦なくひっかく。腹を出してうっとりしたかと思えば、突然シャーッと歯を剝き出す。にゃんころのときのるりちゃんは、見ている分には飽きないけど、そばには近寄れないし、もちろん心のなかには入れない。

そういうときは、むやみやたらに話しかけたり、ご機嫌をとったりしてはいけない。少し離れたところから眺めて、逆にこっちがちょっと不機嫌そうな顔をしているしかない。そうしてると、

「どうしたの、カイ？　どうしたの？」

と、とたんにわんころるりちゃんに早変わり。ぷぷ。俺もようやく、るりちゃんの性格をつかめてきた。最初のころはとまどうことが多かったけど、今じゃたいていのことはクリアできる自信がある。どんなもんだい、と思ってるりちゃんを見ていると、

「なにニヤついてんの？　ブキミだよ。ねえ、それと床屋行ってきなよ。前みたいに気持ち悪くなってるよ」

と突き放すように言われ、けっこう傷つく俺。前みたいに気持ち悪い、というのは、出会った飲み会のときの俺の髪型のことだ。るりちゃんと会うまでは、仕事はたいていい

残業で深夜までやってたし、休みの日は朝からスロットに行ってたから、半年間床屋に行きそびれていたのだ。まあ、俺は俺なりにかっこいいと思ってたんだけど、るりちゃんは相当ひいていた。

「それってオオカミカットなの？　あたしが小学生の頃に流行ってたような記憶があるんだけど」

隣の席に座った俺は、開口一番るりちゃんにそう言われ、オオカミカットというものがいまいち理解できなかったけど、「そうっす」と夢見心地で答えた記憶がある。

メンチはうまかった。ソースをかけなくてもぜんぜんいけた。るりちゃんはなかなかどうして料理がうまい。俺も一人暮らしをしてたから料理はつくれるけど、味付けの段になってくると歴然と差が出てしまう。

焼肉だってなんだって、一枚ずつ広げてちゃんと焼かないと気が済まない俺とは正反対に、るりちゃんは、じゃんじゃんフライパンに投入する。時間がもったいないでしょ、というのがるりちゃんの口癖だ。時間なんていくらでもあるのに。

「梨むけたよ」

きれいなガラスの器に梨が盛ってある。るりちゃんはガラス器が大好きだ。行く先々で買い足して、しかも大きさが不揃いだし、へんな形のものばかりだから、食器棚のなかは大変なことになっている。

「初ものだよね。東を向いて笑うんだっけ」

二人で梨を頬張りながら、東のほうを向いてニヤニヤと笑った。

「おいしいね、すごくみずみずしい」

そう言ったと思ったら、あっという間にるりちゃんがぽろぽろと涙を流している。

「どうしたの！」

と聞いてしまったとたん、どうもしないんだった、と思い至った。るりちゃんはよく涙を流す。

「梨を食べたらなんだか泣けてきた」

そう言って涙を流しながら、梨をしゃくしゃくと食べている。ほんとうに不思議だ。


結婚記念日は一月一日。結婚する前から一緒に住んでいたわけだし、式も披露宴もやらなかったから、役所に婚姻届を持っていくだけで、それなら覚えやすい日にしようと決めた。役所はもちろん休みで、当直のおじさんが守衛室で受け取ってくれた。おめでとう、と言ったのは新年に対してだったのか、結婚に対してだったのかわからなかったけど、きっと両方兼ねて言ったのだろうと思ってる。

新婚旅行も行かなかったし、休みが取れたらどこかに旅行に行こうとは前々から話してたけど、日々の生活というのは案外せわしないもので、気が付けば今年もすでに後半

にさしかかっており、いくら夏の猛暑が幅寄せしていようとも暦はとうに秋になってい
た。
そんな矢先、るりちゃんが「一〇月一日を結婚記念日（仮）にしよう」と勝手に決め、
ちょうど土曜日だということもあって、一泊で出かけることになった。
「なんで一〇月一日にしたかというと、一〇月のゼロを取ってみると一月でしょ。ゼロ
ってなんにもないってことだから、結局は一月一日ってことなの。すごいでしょう」
よくわからなかったけど、「すごいね」と答えておいた。一〇月一〇日でもいいんじ
ゃない、などと野暮なことは言わなかった。
土曜日も出勤のことが多かったけど、ちょうどその日は自分の休みと重なっていた。
るりちゃんは、俺と結婚してから前の職場を辞めて、近所の設計事務所に勤めている。
簡単な伝票整理と入力作業とお茶淹れが主な仕事らしく、定時の五時半にはタイムカー
ドを押して、買物に寄らなければ五時四十五分には家に着いている。
以前勤めていた会社には、別れた旦那もいたらしく、それはかなり後になって聞いた
んだけど、すげえなあと思う前に、やきもちを焼いてかっかとしてしまった。今となっ
ては「すげえなあ」とただ思う。並の神経じゃない、と思ったりもする。
るりちゃんは、俺が猛烈アタックを試みていた飲み会の席で、
「あたし、バツイチなんだけど」

と、先手ジョーカーをべろんと見せてきた。いや、るりちゃんはジョーカーとは思ってなかったかもしれない。もしかしたら、俺を追い払うために言ったのかもしれない。正直びっくりした。あくまで顔は冷静さを装ってたけど、内心ためらった。思えば自分より年上なんだ、なにもないほうが不自然かもしれない、などと、いろんなことをめまぐるしく考えた。そして、

「関係ないっすよ！」

と次の瞬間、俺は胸を張って答えていた。そう言わなきゃ男じゃねえ。一度決めたんだから過去は関係ねえ。

問題はバツイチとかそういうことじゃない。ただ、結婚生活を送っていたということは、どこのどいつだかわからない野郎と一緒に暮らしてたわけで、四六時中そいつといたわけだ。むちゃくちゃ悶々とした。俺って、こんなにやきもち焼きだったっけ？と我ながらあきれた。

今になって思うけど、るりちゃんが職場を辞めてくれて心底ほっとしているのは、前の旦那のほうだろうなと思う。いや、決して同情するわけじゃないけど。

「日間賀島なんてどう？」

え？　ひまかじま？

「うん。結婚記念日カッコ仮カッコ閉じに行くところだよ」

「どこにあるの？」

「知多《ちた》半島のそば」

頭のなかで日本地図を思い浮かべる。知多って確か、愛知とかその辺りか。まあけっこう近いなと思い、これなら楽に行けそうだと安心した。

「なかなかいい選択だね」

と言うと、まんざらでもなさそうにるりちゃんは笑った。

これがはじめてのるりちゃんとの旅行になる。


『日間賀島一泊旅行のしおり』と題する便せんを見せてもらったのは、前の日の晩、二人で「悲しみごっこ」をしたあとだった。正確に言うと、「悲しみごっこ」をしたあと、露地売りの柿を食べ、東を向いて二人でニヤニヤしたあとだった。

ちなみに「悲しみごっこ」というのは、二人で前後になって手をつなぎ、うなだれながら『昭和枯れすすき』などを口ずさみ、電気を消して廊下をとぼとぼ歩く、という遊びだ。

なんだそれ、とはじめは思ったけど、やってみると案外その気になる。特に悲しい出来事を思い出すとか、想像するとかではない。もうそれをやってる時点で、充分に悲しい。そして、その気になって二人で悲しみを分かち合い、存分に悲しんだあとは、やけにすっきりとする。

もちろんるりちゃんが考案した遊びで、これをやると、なぜだか絆が深まるような気がするから不思議なものだ。

「じゃーん、見てよ。これ、すてきでしょ」

そう言って、るりちゃんが目の前に掲げたのが『日間賀島一泊旅行のしおり』だった。ご丁寧にいろんな色でイラストまで描いてある。朝六時出発となっている。が、マンガのような吹き出しもついており、「時間応相談」と書いてある。時間に関してはぜんぶが応相談だった。立ち寄る場所もいくつか書いてあったけど、これには吹き出しで「適当に」となっている。ちゃんと決まってるのは、宿泊する旅館くらいなもので、あとはただるりちゃんの趣味でつくったというシロモノだ。

「よくもまあ、こんなに手間をかけたよ」

イラストのうまさを誉めたたえながら言うと、

「万が一、カイとあたしが別れたとき、荷物の整理とかしてて、こういう手書きのものが出てくると泣けてきたりするから。そのときにはぜひとも、カイに泣いてもらおうと思ってさ」

るりちゃんはあくまでも冷静に言って、俺はただ呆然として、そのあと「悲しみごっこ」よりも悲しくなるのだった。

翌朝は結局、いつもどおりの六時に起床。「新婚さん、いらっしゃーい」を真剣にやる。今ではこれをやらないと、なにかよくないことが起こりそうな気さえする。

空は曇り。天気予報では、夜になるほど雨の確率が高くなるとのこと。テレビに向かって文句を言うと、

「曇りのほうが、気張らなくて済むからいいじゃん。ぴーかんだと、あれもこれもって欲張っちゃうでしょ」

とるりちゃんが言う。このごろは、るりちゃんの言いたいことがなんとなくわかるような気になってきた。こういう抽象的なもの言いは女の子特有なのか、るりちゃん特有なのかはわからないけど。

「えー？　ジーンズで行くの？」

そうだよ、着ていく服そこに出しといたから。和室の畳の上に、半袖Tシャツ、長袖シャツ、トレーナー、靴下、ジーンズが置いてある。

「俺、ジーンズ嫌いなんだけど」

いーの、さっさとそれはいてよ。洗面所からるりちゃんの大きな声。ちっと舌打ちしたら、今舌打ちしたでしょー！　とやけに耳のいいるりちゃんだった。

「はいはいはいはいはい、はきゃあいいんでしょ、はきゃあ」

しかたなくジーンズに足を通す。ああ、この感触、苦手なんだよなあ。かたくてごわついてて、今日みたいな天気のときは、じめっと湿ってる気がするし。いつものだぼだぼの軍パンがいいなあ。ジーンズってなんか窮屈じゃね？

「今日は急に寒くなったから、シャツじゃなくてトレーナーにして！」

洗面所からるりちゃんの声。どこに目が付いているのか、まるで見ているような鋭さだ。

緑やら黄色やら赤やらのチェック柄のシャツをよけて、Tシャツの上にトレーナーを着る。どこのブランドだか知らないけど、こんな地味なグレイのトレーナーじゃなくて、黒地に金色のラメ龍とかがいいのになあ。

「一応シャツもカバンに入れといて。明日はまた暑くなるかもしれないし」

洗面所からのるりちゃんの指示に、はいはいと返事をして、シャツをカバンに入れる。このシャツだって、こんな野暮ったいのじゃなくて、つるっつるのサテン素材とかで襟がとんがってるようなやつが好みなんだけどな。

「用意できた？」

ふむ、とうなずく。

「あれ？　るりちゃん、その格好で行くの？」

「そうだよ」

長袖Tシャツに長袖シャツ、ジーンズという格好だ。るりちゃんに言わせると、長袖Tシャツは七〇年代のミリタリーヴィンテージ（俺に言わせたら、色気も素っ気もない野暮ったいTシャツ。これにだって英語でなんか書いてあるし）で、シャツはなんとかというセレクトショップで衝動買いしたお気に入りの細身のネルシャツ（俺に言わせたら、寝たきりのおじいさんが着るパジャマ）で、ジーンズはこれまたヴィンテージの（俺に言わせたら、配達先のおやじさんが穿きまくって色落ちしたジーパン）、リーバイス501だか505だかそのあたりのやつだ。

女の子が、誰が着たんだかわからないような古着に高い金出して、こんな汚い格好するなんて、ほんと世の中おかしい。

「ひらひらのミニスカートで行けば？」

るりちゃんが無表情で俺を見る。

「ストッキングは？」

俺の言葉を完全無視して、戸締まりを確認している。

ちぇーっ！　と大きな声をあげたけど、これも無視された。ったく、なんだって俺の大好きなストッキングはかないんだよ。こっちは、るりちゃんの言うとおりの格好してるんだから、るりちゃんだって俺の意見を聞くべきだ。ひらひらミニスカートとストッキングは女の基本だろ。

ちなみにストッキングは、すけすけの黒がいちばんだ。るりちゃんいわく、真夏の葬式のときにしか、すけすけ黒のストッキングははかないそうだ。理由、それはどうしようもないからであって、やむなくであって、泣く泣くであって、死者に対しての礼儀であって、けれど本当にしかたなく、ということだ。

「それ以外は絶対はかないよ。ほんと、男ってどうしようもないね」

鼻息を荒くしてそう言い、はくとしたら六十デニール以上のタイツ系だね、と言った。六十デニールというのがどのくらいのすけ具合かはわからないけど、るりちゃんの話し方から推測すると、それはきっと真っ黒のタイツで、肌の色がまったく見えない、ぜんぜん色っぽくない、ちっともそそられない、子どもがはくような防寒だけが目当ての、タチの悪いものだろうと考える。

ったくさ。喜多ちゃんをちょっとは見習ってほしいよ。喜多ちゃんは夏だって冬だっていつだって、すけすけの黒ストッキングだ。たまに膝小僧や脛に青タンができていて、それがすけて見えてるときすらある。ああいうのも妙に生々しくてけっこういい。顔はぜんぜんタイプじゃないけど、噂のあった麻生さんの気持ちもちょっとだけわかるかも。

外はかなり涼しかった。こないだまで猛暑だったのに、なんだか今日からいきなり寒くなったみたいだ。

「しゅっぱーっつ」

と運転席の俺が言うと、るりちゃんが「しんこー！」と指差し確認しながら元気よく応答した。

東名高速に乗ってひた走る。仕事以外でも、運転するのは嫌いじゃない。

「……ね」

と、るりちゃんに言われて大声で返す。

「え？　なに言ってんだか聞こえないよ！」

るりちゃんが助手席の窓を全開にしてるから、ＣＤの音もるりちゃんの声もまったく聞こえない。

「……よ……ね」

「なにー⁉」

窓からの風はけっこう冷たい。

「高速に乗ると、旅って感じが一気にしてくるよね、気持ちいいよね、って言ったの」

窓を閉めて、るりちゃんが言う。普段から車に乗ってる自分はあまりピンとこない。けど、るりちゃんのうれしそうな顔を見ると、こっちまで気分が盛り上がる。

るりちゃんはまた窓を全開にして、外に向かってなにやら叫んでいる。どうやら、ただ「あー」と言っているらしい。子どもが、扇風機に向かって「あー」とやるのと一緒だ。

空は変わらずの曇天。薄い雲が幾重にもたなびいている。雲間からの太陽の光も一切なし。全体的に灰色っぽい水色みたいな色。

このみちはー　いつかきたみーちー
あーあー　そうだよおう　アカシヤーのー　はながさいてえーるー

顔が冷たくなったのか、隙間を五センチほど残して窓を閉めたるりちゃんの歌声が、急によく聞こえ出した。つられて俺も一緒に歌う。

短い歌を何べんも繰り返し一緒に歌い、それは次第に熱を帯びてきて、いつのまにかオペラ歌手のようにおおげさな歌い方になった。一曲歌い終えるまでに大層な時間がかかるようになり、二人とも歌い疲れて休憩にした。

アカシヤのほとぼりが冷めた頃、

びわはー　やさしーい　きーのみだからー　だっこーしあってー　うれているー

と、るりちゃんが歌い出した。俺はこの歌は知らなかったけど、るりちゃんもこの先の歌詞は忘れたのか、ここばかり歌うので速攻覚え、また一緒に歌って今度は演歌バージョンやラップバージョンなどもおりまぜてひとしきり歌った。

歌ってたらふいに、小学生の頃、兄貴たちと一緒に遊んだことを思い出して、すごく懐かしくなった。

二人の兄貴。いちばん上の兄貴はるりちゃんのいっこ上だ。真ん中の兄貴は五年前に結婚して、保育園に通っている子どもが二人いる。二人にはずいぶん会ってないし、連絡もごくたまにしかしないけど、いつだって俺たち三人は味方のような気がしている。大人になってから、ますます強くそう思うようになった。

久々に兄貴たちに会いたいなと思う。やんちゃな三人兄弟だった。昔のことをひとつ思い出すと、ハンカチがずるずるとつながって出てくる手品みたいに、続けてまたひとつひとつと思い出してきた。

プロレスごっこをして鼻血をとめどなく流したこと。嵐のあと河口に行ってギャング針で雷魚《らいぎょ》を釣ったこと。三人でドッジボールをしたら、真ん中の兄貴が薬指の骨を折ったこと。おやじのタバコを三人で吸ってめちゃくちゃに殴られたこと。布団のなかを昆虫の家にして、母さんが卒倒したこと。川にはまった俺を助けようとしたいちばん上の兄貴がおぼれ、真ん中の兄貴がそれを助けて、俺はそのままけっこうな距離流されたこと。

いろんなことを忘れてたんだなあ、と不思議な感覚で思った。るりちゃんといると、余計な、いらない、でもきっと大事であろうなにかをふと思い出す。一人でいるときはまったくなんにも思い出さなかったのに。相当感化されてるなと思い、べつに悪くない気分だなと思う。

はるのー　ひざしがー　まーなーびやにー　わかれのー　ときをー　つげーているー

るりちゃんが、また他の歌を歌いはじめる。

「その歌も知らないな」

とつぶやくと、だってあたしがつくったんだもん、とるりちゃんが言う。

「ミレドー　ソソファミー　ミレミファラソー　ミレドー　ソソファミー　ミレレレミドー、だよ」

「すげえ、作曲家?」

「中学んときに音楽の授業でつくったんだ。なんか覚えてるの」

「へえー」

るりちゃんの頭のなかは、タイムマシンのように時間が自由自在だ。

まだ結婚する前の熱いとき（今だってかなり熱いけど）、るりちゃんからメールが来ると、俺の気持ちはすうっと現実から少しだけ離れて、十五センチくらい宙に浮く気がした。

――海が満杯で今にもあふれ出しそうです。海の表面張力だね。

――山の稜線がとてもくっきりきれいです。空っていつも、山とか海とかビルとかにくっついてるよね。飛行機や気球は空にすっぽり入ってるけど。明日は晴れるね。

――おっきな月が落ちてきそうだよ、今すぐ見て！　月と地球がこんなに近いよ。

だからなんだよ、と言ったらおしまいだけど、るりちゃんからのメールは宝物だからぜんぶ保存した。読み返すと、不思議と小学五年生の自分と出会えた。

――カマキリのお腹から細長い寄生虫が出てきたのを発見！　写メ送ります。

バイクに踏まれたカマキリと、そいつの腹から飛び出た寄生虫。十連発の写メが来て、それを真剣に撮っているるりちゃんを想像しただけで、おかしくなった。

結婚した今は用件だけのメールばかりになって、それはそれでちょっとさみしい。でもそのぶん、本物の声で、実際の行動で教えてくれる。春の濃厚な空気を吸いに散歩に行こうとか、台風のあと浜辺に流れ着いたものを見に行こうとか、夜の桜の木が人間に変身しているか確認しに行こうとか、そんな甘ったるい塩梅《あんばい》に。

上郷《かみごう》サービスエリアで休憩をとった。時刻は九時ジャスト。時間を有意義に使っているような気がしてうれしくなる。普段仕事をしているこの時間のことを思うと、配達はまだ三件目くらいなものなのに、こんなふうにるりちゃんと二人、サービスエリアでコーヒー飲んで、すがすがしい秋の空気を満喫してるなんて感動的すぎるじゃないか。

「これからはたくさん旅行しよう」

アメリカンドッグに、半端じゃない量のマスタードをのせて、口の端を黄色くしているるりちゃんに言うと、るりちゃんはうれしそうにうなずいた。

豊田インターで下りて155号線を走り、「るるぶ」片手に常滑市《とこなめ》に到着。途中カーナビがあると便利かもなと思い、これから先のことを考えて購入しようと決めた。

常滑でやきものを見たいとのこと。頂きものの食器ばかりだから、茶碗や湯のみくらいはおそろいのものを買おうということになった。

まずは、やきもの散歩道と呼ばれている、いくつかの窯《かま》がある坂道を散策することにした。空は依然として曇りだったけど、雲の層が薄くなっているみたいで、全体的に白っぽく明るいトーンになってきた。

もらった散歩道マップと実際の道を見比べながら歩いていると、年配の夫婦であろう二人が、うまそうな団子を片手にお茶屋さんから出てきた。醤油のこうばしい匂いにつられて、俺たちも思わずふらふらと入る。

「お団子二本と甘酒二つください」

小柄なおばちゃんが目を細めて、あいよと返事をする。レジの前の丸椅子に年配のおじさんが座っている。おばちゃんの知り合いらしく、世間話をしている。

壁には常滑の観光案内ややきものの紹介チラシ、昔の常滑の写真や地元の有名人らしき人のポスターなどが所狭しと貼ってある。

「どうぞー」

甘酒と焼き団子を運んできてくれたのは、店の人ではないと思われる、おじさんのほうだった。

甘酒を飲んで団子を食べると、ほとんどほっとした心持ちになって、これで旅が終わってもいいような気分になった。

「どこから来たの？　ここははじめて？　団子うまいだろ」

おじさんが満面の笑みで話しかけてくる。住んでいる市を言うと、ああ行ったことある、その隣の市に住んでた、とうれしそうに話し出した。るりちゃんが「そうですかー」と元気よく答えたのに気をよくし、べらべらとおじさんが自分の生活史を語りはじめる。

「ちょっと、これ見てよ」

おじさんが指したのは壁に貼ってあるチラシだ。

「これ、実はワタシが歌ってるの。ちょっと聴いてみる？」

CDの宣伝チラシには、地元のラジオ局で紹介されたと書いてある。おじさんが勝手にラジオを止め、ＣＤデッキを操作して自分のＣＤをかけはじめる。自費制作なんだけどね。一枚千円なんだけどね。おじさんは、ＣＤの自分の声に生の声を合わせて歌い出す。

今にも噴き出しそうなるりちゃんの表情を見て、俺もおかしくなる。

「いいっすねえ、なかなかいいですよ」

言いながら腰を上げて、るりちゃんを促す。

「時間なくなっちゃうから行きますね、ごちそうさま」

また来てねー、とおじさんが言い、ありがとね、というおばちゃんの声を背に店を出た。

♪ここは　とこなめー♪

サビの部分がなぜか頭のなかをリフレインしている。二人でしつこいくらいにその部分を合唱しながら、手をつないでやきもの散歩道を歩いた。

民家のような窯元がいくつかあり、やきものを売っている店も何軒かあった。坂道の散歩道はどこか異国のような雰囲気、というか俺はなぜだか高校の修学旅行で行った、知覧《ちらん》の武家屋敷を思い出していた。

目的地に着くまでバスのなかで爆睡してて、降り立ったらそこはまったくの別世界だったあの感じ。空は真っ青で、整った植木の緑色と、陽を受けて乾いた石垣があまりに印象的で、ここは日本じゃねえなと漠然と感じ、あれ？　俺なんでこんなところにいるんだろう、と思ったあの感覚に似ている。

通りを一本入っただけでまったく違う町並みになる不思議な光景。俺の知らない所がまだまだたくさんあるんだなあ、と未来に向かう希望そのものみたいな気持ちになった。

「どうかした？」

るりちゃんに顔をのぞきこまれ、今の俺のこの気持ちをぽつぽつとしゃべった。こういうことを話すのはじめてかもしれないと思い、尻の穴でも見られるような気持ちで、だけど話したいって気持ちのほうが勝る感じで。

「意味わかる？」

支離滅裂な説明に恥ずかしくなって言うと、

「わかるわかる！　カイの気持ち、ほんとによくわかるよ」

と、るりちゃんは満面の笑みで答え、なんかうれしい！　とその場でぴょんっとジャンプした。俺はなんだか猛烈に照れてしまった。男のくせにそんなことを語って、しかもるりちゃんに同感されて、同感されたことがやたらとうれしいことに。

るりちゃんといると、俺は小学五年生になったり高校二年生になったりするのだ。大いに気恥ずかしく、大いに照れるに決まってる。

向こうの山の雲間から光の筋が一本、地上に注がれている。

「あの輪のなかに入りたいね」

るりちゃんが言い、俺はＵＦＯからのひと筋の光線の輪に立つるりちゃんが宇宙人にさらわれるという想像をして、鳥肌が立つくらいぞっとし、るりちゃんの手をぎゅうっと握った。

結局、やきもの散歩道では買物はしないで、陶磁器会館でいくつかの買物をした。夫婦《めおと》茶碗と夫婦湯のみ、楕円の平皿と四角っぽい深皿。鯉に男の子がまたがっている人形と、お内裏《だいり》様とお雛様のかわいらしいやきものも買った。三月と五月になったら玄関に飾ろうと話して、まるで本物の「新婚さんいらっしゃい！」のように甘い気分になった。

常滑を出て、知多半島道路で知多半島の先っちょまで行き、予約していた駐車場にラルゴを置き、師崎《もろざき》からフェリーで日間賀島へ渡った。

雨がぱらぱらと降ってきて風も出てきたせいか、波が高くてフェリーはけっこう揺れた。でもその揺れもたのしくて、おおげさに身体を揺らしては、高校生のバカップルのようにはしゃいだ。

大きく揺れたとき、団体客の一人の酔っ払ったおやじがよろけて、るりちゃんの膝にぶつかってきて、冗談じゃねえぞ、とムカついたけど、るりちゃんが笑顔だったから許してやった。

日間賀島はなーんにもない島だった。でもそれはそれでよくて、俺たちはくすくすと笑いながら、つないだ手を大きく振って宿まで歩いた。仲が良すぎて、不幸の前ぶれのような気さえした。

　雨は止んでいたけど、また今すぐにでも降り出しそうだった。島は磯の香りが強くて、旅行に来たというより、臨海学校か野外キャンプにでも来たような気分だった。

「あー、釣り道具持ってくりゃよかったな」

「あれ？　そんな趣味あったの」

　あったあった、あったんだよ、思い出したんだよ。俺は釣り大好き人間だったんだってことを。でもそんなこともすっかり忘れてたんだ。るりちゃんと会う前は、仕事とスロット漬けの毎日だったしさ。

「今度一緒にやろうよ」

「やろうやろう」

　るりちゃんが元気よく言う。

　るりちゃんと一緒ならいろんなことができそうだと思い、神さまありがとう、とやけに謙虚な気持ちになり、そんなふうに思ったら、不幸が忍び寄ってきそうでこわくなって、神さまへの御礼を撤回したかったけど、そんなことをしたら今度はバチがあたりそうで、結局頬をばしんと叩いて気合を入れ、頭をぶるんと振った。

宿は新しくてとてもきれいだった。るりちゃんが客室露天風呂付きでネット検索してくれたので、全室露天風呂付きだ。予約したのが遅かったから、一階のいちばん端で、露天風呂が外から見えるんじゃないかと心配になったけど、そんなことはもちろんなかった。

女性の浴衣は選ばせてくれて、るりちゃんは薄い紺色の地で、なんていう名前かわからないけど細長い黄色い花が描いてある浴衣を選んだ。とっても似合ってたから、写真をたくさん撮った。

食事は部屋とはべつの個室で、一日六組という他の宿泊客と顔を合わせることもなく、余計な気を遣わずに済んだ。

十月の今日からは、ふぐ料理ということだった。魚介類は新鮮で刺身は最高にうまかったけど、俺がなによりも気に入ったのは前菜についてきた小エビ。茹でてあるだけなんだけど、これがなぜか絶妙なうまさなのだ。ちゅーちゅー吸えば吸うほど、味がしみ出てきて、殻がぺらぺらになるまでいつまでも吸っていたら、

「本望だね。エビ冥利《みょうり》に尽きるよ」

と、あきれたようにるりちゃんに笑われた。

部屋に戻って露天風呂に二人で入った。糸のような雨が、音を立てずに降っている。

「なんかいいねえ、こういうの」

額に汗の粒をのっけたるりちゃん。るりちゃんは化粧しないほうがいい。眉毛が足りないのはちょっとこわいけど。

「旅行っていいよな」

「うん、これからたくさん行こう」

二人で指きりをした。

幸せだよなあ、と秋の雨を見ながらしみじみと思い、自分を制した。

——幸せじゃなくていいです。どうか、ふつうでいられますように。

さっきの神さまに祈った。

冷蔵庫の日本酒を飲みながら、二人でいろんな話をした。話が尽きないなんて、しゃべりたいことがどんどんあふれてくるなんて、そんな奇跡みたいなことが、今自分の身に起こっているなんて、それこそ奇跡みたいだった。

「天気いいよー、早く起きなよ」

聞けば、るりちゃんはもうすでに露天風呂に入ったらしい。すっかり身支度もできている。

「……一緒に朝風呂入りたかったのにぃ」

うらめしげな口調で言ってみたけど、るりちゃんは外に出て、体操などをしている。のろのろと起き出し、すっかりはだけた浴衣を脱ぎ捨てて、どぼんと露天風呂に浸かった。熱い湯が身体にぴりっとしみて、それは逆にぞくっと身震いするほどで、寝ぼけまなこはすぐさまばっちりと開いた。

朝の白い光の向こう側には、水色の空が広がっている。今日は晴れてる。ああ、もう一泊したいなあ、なんて、一日がはじまったばかりの朝っぱらから思ってしまう。

朝食まで時間があったから、目の前に広がる海に行った。防波堤の上を二人で歩く。磯の香りが強い。防波堤の上にへばりついた魚のエサに、フナムシがわらわらと寄ってきて、るりちゃんが喜んでいる。

ここと反対側の東港のほうは、海水浴場となっている浜があるらしい。本当は昨日晴れてたら、周囲五・五キロメートルほどのこの島をレンタサイクルで一周したかったけど、今回の旅行ではあきらめた。またいつでも来ればいいことだ。

「さっき見たんだけど、釣り道具も貸し出してくれるらしいよ。ホテルのフロントに案内があった」

るりちゃんがフナムシの攻撃をぴょんぴょんとかわしながら教えてくれた。

「釣りはまた今度にするよ。釣りすると半日なんてすぐ経っちゃうからさ」

宿に戻って豪勢な朝食を頂き、しつこくもう一度露天風呂に入ってから、宿をあとにした。

フェリー乗り場の土産物屋で、おそろいのタコのストラップを買った。日間賀島はタコが名物らしい。また来れたらいいね、とるりちゃんが言い、すぐ来れるよ、と返事をして、日間賀島にさよならした。

駐車場に置いたラルゴと再会し、野間《のま》灯台をひやかしてから、美浜《みはま》町の「えびせんべいの里」へ向かった。るりちゃんはえびせんべいが大好きで、ここだけはどうしても来たかったらしく、妙に興奮していた。今回の旅行に知多半島を選んだのは、えびせんのためのような気がしてならない。

今日はのんびりとそのまま帰ることにした。帰りがけ浜松でひつまぶしを食べた。はじめて食べたけど、あと三杯はいけるうまさだった。

いーつまでもー　たえるーことなくー　とーもだちでー　いよおー
あーすのひをー　ゆーめーみいてー　きーぼーおーのー　みちをー

助手席の窓から少しだけ冷たい風が入ってくる。るりちゃんが歌っている。もちろん俺も一緒に歌う。懐かしい曲だ。

「この曲ね、保育園のとき、土曜日の帰りがけに必ずかかってたの。この歌が放送で流れると、ああ、次の週までみんなに会えないんだと思って、子どもながらに泣きたくなったよ。だって、今日の日はさようなら、また会う日まで、だよ。なーんか切ないよね」

五歳のるりちゃん。きっとそのときから、るりちゃんはるりちゃんなんだなあ。

「あと、そうそう。土曜日はね、カレーの日だったの。家から白いご飯だけをお弁当箱に詰めて持っていくと、ルーを保育園でよそってくれるわけ。でね、ある土曜日。今日は大好きなカレーだと思ってたのしみにしていたのに、お弁当箱を開けたら、中身が空っぽだったことがあったの。お母さんがご飯を入れ忘れたの。あのときは本当に絶望した。今でもあのときの衝撃をありありと思い出せる。本当に絶望って言葉がぴったりだった」

弁当箱を手に、絶望する五歳のるりちゃんか。やっぱり、るりちゃんはるりちゃんだ。

「きっとお母さん忙しかったんだよね。だってさ、計算したら、あたしが五歳のとき、うちのお母さんまだ三十そこそこだよ。そりゃあ、ご飯くらい入れ忘れると思わない？」

るりちゃんはもう俺に返事を求めてなくて、窓の外に向かって大きな声でしゃべっていた。そのるりちゃんの背後が薄暗くなってるのに気付き、あわててヘッドライトを点けた。ついこないだまではやたらと日が長くて、ぜんぜん夜が来なかったというのに、今じゃこんな早い時間のくせして、空はもう店じまいだ。

おとといの金曜にトラックに乗ってるときも、日が短くなったなあと思いながらヘッドライトを点けたけど、今は妙にさみしい気分になっている。

「たのしいことはあっという間だなあ」

自然とそう口にした自分の言葉に、はたと思い当たった。俺って、今までたのしいことなんてあったっけ、と突如思いを巡らしたのだ。

工業高校を卒業して、運送会社に勤めてかれこれ十年以上経つ。そりゃあ仕事帰りや休日のスロットはおもしろかったし、トラックを転がす仕事も嫌いじゃない。麻生さんたちに何度も連れていかれたおネエちゃんのいる店もまあよかったし、付き合った女もいたにはいて、甘い日々も少なからずあった。

けどさ、この充実感はどうよ。ぜんぜん密度が違うじゃんか。龍の金糸《きんし》のジャンパー着れなくたって、髪をおっ立てられなくたって、パチンコ屋行くこづかいもらえなくたって、もうぜんぜん、段違いですげえたのしいじゃんか。

ああ、神さま。

るりちゃんと会えてからの俺は、まるでいきいきとしちゃってます。これが幸せって言うんでしょうか。きっとそうだと思いますけど、今の毎日を俺にとってのふつうにしてください。そうじゃなきゃ、幸せすぎてもう終わりでしょ？　ずっとずっと、このふつうのたのしさが続きますように。ああ神さま。

「なんだよ、朝っぱらからさわやかーな顔しやがって。これだから新婚はイヤなんだよ。胸くそ悪いわっ」

月曜の朝、麻生さんの機嫌が特に悪いのは毎度のことだ。昨日の日曜もリーダー会議があり、麻生さんは出社していたらしい。まったく、この会社の労働時間はどうなっているのか、考えると恐ろしい限りだけど、組合がないんだからしょうがないか。

「ふじもっちゃん、なにかいいことあったの？」

事務所で伝票出してもらっている間、喜多ちゃんに言われた。

「第二の人生ってやつだよ、っていうかこれからが俺の本当の人生だ」

不敵に笑うと、「なにそれ」と、ばか笑いされた。

「あれ？　喜多ちゃん、今日なんか顔違くない？」

「げっ、やっぱりバレたか。みんなすぐに気付いたけど、ふじもっちゃんニヤけてるから気付かないと思った。昨日実家に泊まったんだけど、化粧道具一式置いてきちゃったの」

ああ、そっか。化粧してないんだ。喜多ちゃん、別人じゃん。

「眉毛だけ2Bの鉛筆でごりごり描いたよ。描かないとお化けだからね」

「なあ、化粧してないほうがぜんぜんいいよ。マジで。ぜんぜんかわいいって」

アイシャドウや頰紅をしていない喜多ちゃんはなかなかよかった。口紅を塗ってないから、ちょっと血色は悪く見えるけど。

「みんなからもそう言われた。化粧してないほうがいいって」

「そうだろー？　これで喜多ちゃんも第二の人生だよ」

あははっ、とまんざらでもなさそうに喜多ちゃんは笑い、

「ふじもっちゃん、末永くお幸せにね」

なんて改まって言うから、こっちが面食らってあたふたとしてしまった。

般若のお面に見守られながら、トラックを運転する。今日は三回戦だ。昨日のこの時間は、日間賀島の宿にいたんだなあと思うと、後戻りできない時間の残酷さを感じた。

一件目の配達先で荷物を下ろす。秋の澄んだ空がまぶしい。とたんに俺は、小学五年生になって、運動会当日のわくわくとした気持ちになる。運動会は好きじゃなかったけど、ピストルの音や、低学年の子がやる玉入れの、あの慌しいせかせかしたような音楽だけは好きだった。

「ご苦労様ですー」

店から、奥さんが子どもを連れて出てきた。おはようございます、と返し、小さな子どもに「おはよう」と声をかける。るりちゃんに言わせると、手のひらに乗りそうなく

らいの小ささ、となるだろう。

「何歳ですか」

「一歳。お誕生日が来たばかりなの。ほんの少しだけ歩くのね。ねっ、ゆうちゃん」

へえ、とめずらしいものでも見るようにつぶやいてしまう。子どもはお母さんに見守られながら、よちよちと足を踏み出している。

「主人がなかにいますから」

「あ、はい、すみません」

奥さんに会釈したとき、お腹が大きいことに気が付いた。

「子ども欲しいよなあ」

自然に口をついて出て、自分でもびっくりした。

るりちゃん、今頃なにしてるかなあ。伝票めくって電卓打ってるのかなあ。るりちゃんと俺の子どもだったら、超かわいいだろうなあ。るりちゃんのお腹が大きくなったところを想像して、るりちゃんと赤ん坊を守っていく自分を想像した。悪くなかった。ぜんぜん悪くなかった。

ああ、るりちゃん。早く会いたいなあ。高校生の恋みたいに焦《こ》がれた。

なにはともあれ、
誰がなんと言おうと、

俺はるりちゃんにめろめろだ。めろめろの骨抜き、腰くだけ。

毎日、一緒にいればいるほど好きになる。昨日より今日のほうが、もっと好きだと思える。一日一日、今日が最高だと思う。でも次の日になると、今度はその日がいちばんになる。

俺に向かってるりちゃんが言う。カイは、あたしに首ったけだね、と。

その通り、と俺は答える。

当たり、どんぴしゃ。めろめろの骨抜き、首ったけだと。

第五章　みのり――四年後 春

ベッドに腰かけ、アニーのお腹に足の裏をつけてもみもみしながら、さつき姉ちゃんに聞いた電話番号を押す。大きく息を吸ってゆっくりと吐き出す。ちょびっと緊張する。

「あ、もしもし、あ、あの、わ、わたし渋沢と言いますが、あの、そこで、えっと、あの、ア、アルバイトしたいんですけど……」

そう言った瞬間、足に力が入ったみたいで、アニーが「ぎゃんっ」とへんな声を出したけど、もちろん無視。足で押さえつけて、もみもみを続ける。これをやってると緊張がやわらぐ。

「あ、はい、大丈夫です。明日の夕方五時で。あ、よろしくお願いします。失礼します」

電源ボタンを押し、ふうっとため息。ベッドに寝転がる。あたしの足が離れてつまらなくなったのか、アニーがベッドによじのぼろうとするけど、デブすぎてのぼれない。

あー、緊張した。でも電話に出た人は感じがよかった。たぶん大丈夫そう、明日の面接。

「なんで三人ともみんな違う高校に行くのよ。制服が着回せないじゃん、ったく」

と、お母さんにぶつぶつ文句を言われながら、この春晴れて高校生になった。中学の三年間はバレーボール漬けだったけど、燃焼しきったからもう満足。今は軽音楽部に軽い気持ちで入っている。

まずはとりあえずバイトしようと思って、うちの近くのローソンで手を打った。ここは昔、さつき姉ちゃんがバイトしてたことがあるから、なんとなく安心っていうか、記念すべきアルバイト第一号にはぴったしだ。

玄関でガチャンと大きな音が鳴って、どすっという一歩。お母さんしかありえない。

「なんだ、みのり、いたの？　ちょっとこれ持ってよ」

部屋から顔を出すと、いきなりそう言われた。両手に大きなイトーヨーカドーのレジ袋を持ったまま、無理な体勢でスリッパを履こうとしている。

「バイトすることにしたから」

そう言って、荷物をひとつ持ってあげる。異様に重たい。のぞいたら、サラダ油と牛乳とみりん風味とじゃがいもが見えた。

「明日面接だから」

へえ、という気のない返事。つまんないの。あんなに緊張して電話したってのに。

「ねえ、どこでだと思う?」

「どこでってなにが」

だーっ、お母さん、また人の話聞いてないよ。

「バイトだよ、バイト。さっきから言ってんじゃん。バイトしようと思ってるの、あそこのローソンで」

うん? ああ、いいんじゃない。がんばってえ。

「ねえ、もうちょっと興味持ってくれてもいいんじゃないの。あっ、お母さん、チャック全開だよ」

あっあーっ、という情けないお母さんの叫び声。毎度必ずチャック開いてるんだから、長めの上着着て、隠しとけばいいのに。

「やだー、ヨーカドーでずっと開きっぱなしだったのお? ひえー、ショック。はずかしー」

ムンクの叫びのように頰に手をあてて、口をすぼめている。最近、お母さんと話をしていても埒があかないような気がするのはなぜだろう。

自腹で買ったコンソメ味のポテチを手にリビングへ移動。軽音部で借りてきたＤＶＤをセットする。去年の文化祭のライブだそう。

ポテチを開けた瞬間、匂いをかぎつけてアニーがすばやく寄ってくる。最近は歳のせいか動作がのろくなった。それなのに、相変わらず食べ物にだけは貪欲《どんよく》。

「だめだよ。こういうの食べちゃいけないいんだって、動物病院の先生が言ってたでしょ。だめだめ、ちょっと、おかーさーん」

「なにそれ、どこにあったの」

キッチンカウンターの向こうから、お母さんがポテチを眺める。

「あたしの隠し財産だよ。やだ、ちょっと。アニーが食べちゃう。だめだめだめ。ちょっと、おかーさーんってば」

お母さんがどすどすと歩いてきて、

「だめっ!」

と鼓膜がやぶれそうなくらいの音量でアニーを制し、そのまま自分はポテチを口に入れる。

「ちょっと、食べないでよ。あたしのおこづかいで買ったんだよ」

「ケチ! そのおこづかいは誰が出してると思ってんの。少しくらいよこしなさいよ」

しかたなく、テーブルの上に載っていたお皿に分けてあげる。一緒に袋に手を伸ばして食べてたら、絶対にお母さんのほうが多く食べちゃうから。

くうん、と切ない声を出してこっちを見ているアニーに、ダイエット用のエサを少しだけあげる。

悲しげアニー。悲しくて見てられないよ。

るり姉がよく言ってたっけ。昔はよくわからなかったけど、最近なんとなくわかる。確かに悲しい気がする。悲しげアニー。見てられない。

「どこでバイトするって？」

お母さんがばりばりと人のポテチを食べながら、今になって聞いてくる。

「だからー、二丁目の信号のとこのローソンだよ」

「ああ、前にさつきがやってたところ？」

「そうだっつーの」

やっぱり埒があかない気がする。

「ひえー、なにこれ？　ヘビメタってやつ？」

画面に映し出されているのは、ヅラをかぶった先輩たち。このＤＶＤは去年の三年生が主体のものらしい。

ビヨーン！　と音が鳴ったと思ったら、そのあとは、ギーンという耳障りな音と、ヴォーカルのがなり立てるような声。なんて言ってるのか聞き取れない。英語なのか日本語なのかもわからない。ぎゃすっ、ぎゃすっ、と歌っているようにしか聞こえない。歌い終わったあとに、バンド名を言ったけど、これまた聞き取れなかった。

「みのりは、こういうのをやるわけ？」

お母さんに言われて、なんだか急に恥ずかしくなった。こんなのできるわけないじゃん、と答える。

長髪バンドの次は、四人の女の子のバンド。

「ビーンズドロップスです」

とヴォーカルの女の子がピースサインを掲げる。ロックな格好をしているわりに、曲自体はバラードっぽくて、ちぐはぐな印象。三組目は、キーボードだけ女の子で、あとは男。

「こんにちは！　僕たち、キャラメルボンボンです！　聴いてください。僕たちのテーマソング『キャラメルボンボン！』、イエイ！」

ポップな曲調で、わりかしいい感じ。曲名さえ違っていればかなりいいかも。っていうか、そもそもバンド名がやばすぎるでしょ。

「『キャラメルボンボン』だって、かわいい名前だね」

お皿に分けてあげたポテチだけでは飽き足らず、袋に手を突っ込んできて、そんなことを言うお母さん。センスなし。

「あんた、なにか楽器できるの？　もし楽器買うなら自分のおこづかいで買いなさいよ」

急に真面目な表情でそんなことを言われ、一気に台無し気分。

「ちょっと、もう食べないでよ」

袋を奪い取ると、お母さんは「ケチ！」とひとこと言い捨て、こちらをうらめしそうに見ていたアニーにデコピンして、キッチンカウンターへと入っていった。

悲しげアニーが、くうんと鳴いた。悲しすぎる。


「どう？　これ、けっこうよくない？」

お母さんとさつき姉ちゃんとあたしでお笑いのテレビ番組を見ていたら、みやこ姉が部屋から出てきて、突然あたしたちの前に立ちはだかった。

緑色の詰襟のジャケットとスカート。襟や袖ぐりは白いバイアステープで縁取られている。黒のショートブーツにウエストは黒ベルト。頭の上には、まったくその意味がないほど小さな緑色の帽子もどき。

「メイリン・ホーク」

そう言ってポーズを決めている。なんのこっちゃわけわからん。

「きゃー、いい、いい！　かわいい！　すっごくいいよ！」

そう言って大騒ぎしているのはお母さんだけだ。

「ちょっと邪魔だよ。テレビ見えないじゃん」

さつき姉ちゃんが、みやこ姉にシッシとやる。

「ねえ、なんなの、それ？」

聞いてみたのがまちがいだった。

「あんた知らないの？　『機動戦士ガンダムSEED　DESTINY』のメイリン・ホークだよ。ルナマリア・ホークの妹」

みやこ姉がそう言い、そのあと、お母さんがくどくどと説明をはじめる。ザフト軍の戦艦ミネルバの管制官でね……ハッキングがすごくてさ……お姉さんのルナマリアはエリートの赤服で、それもけっこうかわいい……云々。

「ちょっと、うるさい！　テレビが聞こえないじゃん！」

さつき姉ちゃんが一喝する。みやこ姉は、さつき姉ちゃんをちらりと見てから、くるっと回転し、再度ポーズを決めた。それを見たお母さんが「おーっ」と拍手を送り、みやこ姉は満足げに笑いながら退場した。

なんなの、この家？　と毎日思いつつ過ごしている。みやこ姉もお母さんもしょうもない、と思いながら。

みやこ姉は、高校を卒業してから地元のアニメイトで働いている。バイトだけど、それで充分なんだって。腐った赤キャベツみたいだったちぢれ髪は、今ではすっかり元のまっすぐな黒髪。だけどコスプレするときには髪の色を変えたり、ヘアアイロンでクセをつけたりしている。

ゴールデンウィークの日曜にフェスがあるみたいで、今回はさっきのメイリンなんとかで参加するとのこと。だぼだぼジャージばっかり着ていたヤンキー中学生からは想像できない変身ぶり。

さつき姉ちゃんは今大学生。都内の大学まで毎日通っている。生物資源科学部食品科学工学科だって。これまたなんのこっちゃわけわからん。

来年はさつき姉ちゃんの成人式だ。お母さんが成人式で着た薄桃色の着物を着る予定。その次はみやこ姉。るり姉が着た藍色の着物を着る予定だ。薄桃色よりは似合うだろうけど、みやこ姉のことだから、きっとまたあやしい細工をするんだろうな、と思う。


放課後、軽音部に行って、借りたDVDを返すと、「なかなかよかったでしょ？」と、当然のように先輩に言われて、思わず「はい」と返事をしてしまった。

「渋沢さんはどのバンドがいちばん好き？」

続けざまにそう聞かれ、

「キャラメルボンボンです」

と、胸を張って答えてしまうあたし。ついつい、場の空気を読んじゃうんだよねえ。

「おっ、そう？　俺もキャラボンがいっちゃん好きなんだ」

笑顔で答える神崎先輩は、軽音部の部長で、『チョコレートチップミルクティ』というバンドを組んでいる。ヴォーカル兼ギターの神崎先輩は、歌もうまいし、ルックスもいいし、ナイスな曲もつくるから、『チョコミル』は校内でもけっこう有名で神崎先輩は人気者。

けどいかんせん、このバンド名はどうなのさ？　『キャラメルボンボン』もひどいけど、『チョコレートチップミルクティ』もやばすぎない？　どっちも甘すぎだっつーの。サーティワンの回し者か。

「渋沢さん、なんか楽器できるの？」

ぶんぶんと頭を振るあたし。音痴音痴って昔から家族に言われてたあたしが、ヴォーカルっていうのもなんだしな。そうだ、おばあちゃんのところにピアノがあったから、今度ちょっと弾かせてもらいにいこう。でもって、才能があったら、キーボードってことで。

軽音部の一年生は十二人。そのうちの聖菜《せいな》と瑞恵《みずえ》とは同じクラスで仲良しだから、きっとバンドを組むことになると思う。聖菜はギターが弾けるし、瑞恵はヴォーカル。これであたしがキーボードできたら、いっちょまえじゃない？　キーボードっていくらするのかな。バイト代たまったらキーボード買うことにしよっと。おばあちゃんちにピアノを弾きに行ったら、もしかしたらおこづかいくれるかもしれないし。

軽音部をあとにして、そのまま二丁目のローソンへ向かった。四時五十六分。もう入っていいのかな、微妙に気を遣う、あと四分。ええい、入ってしまえ。

「いらっしゃいませー」

レジにいた女の子が明るい声を出す。

「あの、渋沢といいます。アルバイトの面接で来ました」

そう言うと、はいはいはいー、とさらに甲高い声で返事をして、「てんちょー、てんちょー、てんちょーってば」とジュースの棚をチェックしている店長とおぼしき男性に、今度は低い声で呼びかけた。

店長と呼ばれた人は四十代くらいの男の人で、まるまると太っていた。奥の事務所に行って、履歴書を渡し、簡単な質問をされ、「いつから来られるの？」と聞かれた。火・木・金は絶対に部活に出なくちゃいけないから、それ以外の曜日を告げた。土・日も大丈夫です、と得意のお愛想笑いで。

「時給は七百八十円からだけどいい？」

「もちろんいいです！」

即採用だった。さっそく明日の四時から。なんだかたのしそう。がんばろっと。

「石川店長？　知らないなあ。もう替わっちゃったんだね。あたしのときは確か田中だったもん」

さつき姉ちゃんに面接のことを言うと、そんな返事だった。

「ねえ、さつき姉ちゃんって少しピアノ弾けたよね？　ずっと前におばあちゃんちで弾いてなかった？」

たずねると『ねこふんじゃった』だけ、という答え。なんかもっといろいろ弾いてたような気がするけど。あれはるり姉だったのかなあ。

「ねえ、今度おばあちゃんち行かない？」

さつき姉ちゃんに声をかけたけど、雑誌から目を離さないで適当に、うーんとうなるだけ。ぜんぜん聞いてない。

「あたし行くよ」

いきなり会話に入ってきたのは、みやこ姉だ。

「やっぱ今度のフェス、ハガレンのホークアイ中尉にしようかなって思ってるんだよね。ちょっと縫いたいところがあるんだけど、うちのミシンこないだ壊れちゃったから、おばあちゃんちでやろうと思ってさ」

なんのことかさっぱりわからないけど、んじゃ一緒に行こう、ってことになった。

高校生活、まだひと月も経ってないけど、すごくたのしい。中学んときはずっとバレーボール漬けで、家に帰ってきても夕飯食べてお風呂に入って寝るだけの生活だった。だから今、自由な時間があることがうれしい。軽音部はおっかない先輩もいないし、楽ちんだ。

「あ、やば」

トスしたボールが天井に当たった。アニーが驚いて部屋から出て行く。モルテンのバレーボール。中二のときにスポーツ用品店で激安ワゴンセールしてたから、思わずおこづかいをはたいて買ってしまった。天井に当てると、上の人に迷惑だからって、お母さんがものすごく怒る。

あたしは背が低いこともあってセッターだった。名セッター。なんて。自分で勝手にそう思うのは自由だ。

ぽーん　ぽーん　ぽーん

手持ち無沙汰だとついつい天井に向かってトスしてしまう。天井すれすれに、ほとんど同じ位置でトスを上げる。バレーをやりはじめた小学生の頃は、トスしても左右の指の力がばらばらで、とんでもない方向に飛んでいってたけど、今じゃピタッと決まる。

うちの高校は、バレーボールが強い。全国大会までいったことも何度かある。みんな身長が高くて、平均でも百七十は軽くある。

「思ったより背が伸びなかったんだよねー」

とトスしながらひとりごちてみる。

明日は初バイトだ、がんばろっと。


店長からユニフォームを渡され、簡単な仕事の説明を受ける。

「あとはそこにいる川崎さんに聞いて」

そう言われて振り向くと、川崎さんがにっこりと笑う。昨日の人だ。よろしくね、と言われ、よろしくお願いします、と頭を下げた。川崎さんは十九歳の専門学校生。シフトが重なることが多くなりそうだ。

つい先月、道路を挟んだ向かい側にミニストップができて、そこは駐車場も広いし、車が入りやすい位置にあるから、お客がけっこう流れた、というような話を、川崎さんがしてくれた。だから、わりかしヒマだよ、と。

川崎さんに横についてもらいながら、レジの仕事を覚える。小さい頃はレジ打ちに憧れた。かちゃかちゃかちゃとキーを打つと、お金の入った引き出しがじゃーんと飛び出す。保育園の頃、おばあちゃんちに行ったとき、近所のお菓子屋さんで、あまりにもうらやましそうにレジ打ちを見ていたら、お店のおばちゃんが「特別よ」と言って、キーを打たせてくれたことがあった。あのときの指の感触、よく覚えてる。けっこう固くて、押すと「ちゃっ」と音がした。

でも今は、なんてことなかった。ほとんどがバーコードだし、キーを打つ感触も軽すぎて頼りなく、「ふかあっ」って感じ。

「千円お預かりします。二百三十七円のお返しです。ありがとうございました」

いっちばん最初だけちょっと照れたけど、あとはスムーズに言えた。案外簡単。案外楽勝。公共料金を支払いに来る人もいて、それもさっそく覚えた。ゆうパックは川崎さんにお願いしたけど、きっと大丈夫そう。Ｌｏｐｐｉだけはイマイチわからなかった。お客さんにやり方を聞かれたけど、川崎さんが応対してくれた。

あっという間に七時になって、初日は終了。検品とかデジカメプリントとか、ＱＵＯカードの販売・利用とか、もっともっといろいろな仕事があるみたいだけど、徐々に覚えていけばいいだろう。今日のところは案外簡単、案外楽勝だった。

思った通り、聖菜と瑞恵がバンドを組むってことで、あたしも声をかけられた。楽器なんにもできないよ、と言ったら、これからやればいいじゃん、とのこと。一応キーボードあたりを希望、と強気なことを伝えておいた。いーじゃんいーじゃん、と二人は笑った。二人ともそれほど本気じゃないから、あたしとしても気が楽。他にあと二人誘うらしい。軽音部じゃない子にも声をかけてるみたいだ。

こりゃあ早急におばあちゃんとこ行って、ピアノを弾いてみないとな、と思った。

日曜日、お母さんが休みだったから、結局全員でおばあちゃんちへ行くことになった。バイトのシフトには入ってなかった。意外にも日曜はやりたい人が多いらしい。

「ねえ、いいかげん車買い替えたら？」

さつき姉ちゃんが、水色のマーチに乗り込んで鼻をつまみながら言う。

「ふんっ。そう簡単に買い替えられるわけないでしょ！　あんたたち、たまには掃除くらいしなさいよ、ったく」

鼻息の荒いお母さんの横で、おとなしくシートベルトを締める。窓を開けて、気持ちいい午前中の春の空気を入れようとしたら、「花粉花粉！」とものすごい剣幕でお母さんに怒鳴られ、しかたなく閉めた。ぜんぜん情緒がない。

「あっ、カイカイ」

おばあちゃんちの駐車場に車を入れるために、お母さんが何度も何度もハンドルを切り返している横で、カイカイが自転車のタイヤを交換していた。

水色マーチがバックで突進しそうになり、カイカイが驚いたように立ち上がる。

「ちょっと、お母さん。そこにカイカイいるの知ってた？　今ひくところだったよ」

と言うと、

「うっそお？　やだー、あぶない！　なんでもっと早く言わないのよ。ぜんぜん気が付かなかった」

唾を飛ばしながらお母さんが言い、さつき姉ちゃんは大きなため息をついて、みやこ姉はニヤニヤと笑っていた。ようやく車庫入れ完了。お母さんがドアを開けて、カイカイにすみませーん、と謝っている。あやうく事件だったよ、まったく。

「おばあちゃんいる?」

カイカイに聞くと、なかにいるよ、との返事。カイカイは相変わらずだ。キャラボンのドラムの人が着ていたような、てかてかした生地のスカジャンを着てる。笑える。でも、新しいバンドで、女の子がそろって着たらウケるかもしれない。

「あらあら、みんなで来たの? お疲れさま」

おばあちゃんがうれしそうに笑う。おばあちゃん、ちょっと背が縮んだみたい。

「ミシン貸して」

とみやこ姉が言い、おばあちゃんがミシンの用意をしている間に、あたしはピアノの部屋へ行った。ふたを開けて、鍵盤の上に掛かっていた赤い布を取る。まず「ド」を押さえてみる。続いて「ドレミファソラシド」。いい感じ。次は、適当にいくつかの鍵盤を押さえてみる。いっぱしの気分で。和音。

じゃざーん ざーん
聞き苦しい音。だめだ、ぜんぜんセンスない。

「貸して」

と、いつの間にかさつき姉ちゃんが横に立っていて、『ねこふんじゃった』を弾きはじめる。『ねこふんじゃった』にしたって、弾けないあたしからしてみたら、すごいことのように思える。特に左右の腕を交差するところがかっこいい。

「もういいや」

さつき姉ちゃんは一曲弾いたら気が済んだらしく、あたしはぽろんぽろんと鍵盤を押さえる。うーん、キーボードあきらめたほうがいいかも。

台所に行くと、カイカイまで一緒になってみんなでお茶を飲んでいる。姿の見えないみやこ姉だけは隣の和室でミシンと格闘しているらしく、じじっ、じっ、じじっ、と針の動く音が聞こえる。みやこ姉って、見かけによらず超器用で、衣装はほとんど自分でつくってる。つるつるしたサテンみたいな布を買ってきては、夜なべしている。

カイカイは最近太ってきた。前はうんと痩せてたのに、今ではすっかり「おじさん」って感じ。今はおばあちゃんちに住んでいる。

「できた！　見て！」

バーンと和室のドアが開いたと思ったら、みやこ姉が、『鋼《はがね》の錬金術師』のリザ・ホークアイ中尉の格好で立っている。ブルーのスーツに白の縁取り。本物そっくり。すっごく手が込んでいる。今あたしは、そのマンガをみやこ姉に借りて読みはじめている。

けっこうおもしろくて、ハマりそう。

みやこ姉は、斜《はす》に構えて腕を組んでいる。しかもご丁寧に、頭には黄色のヅラまでかぶってる。

「ひゅー！　かっこいい！」

と言ったのはやっぱりお母さんだけで、おばあちゃんは、「みやこは裁縫師になれるね」と見当違いのことを言って、さつき姉ちゃんはドン引き。カイカイは「それ、会社の制服？」と意味不明な質問をしていた。

そのとき、台所のドアがバーンと開いた。

「やだー！　なんなの、その頭！　今度は腐ったタクアンか！」

いきなりそう叫んで、みやこ姉の頭をぐりぐりと撫でくりまわし、ヅラがおおかたズレたところで「なんだ、ヅラか」と、るり姉が言った。

「るり姉！」

さつき姉ちゃんとあたしの声がそろう。みやこ姉は、ズレたままの黄色いヅラを頭にのせてニヤニヤしている。

「おっきくなったねー！」

さつき姉ちゃんがるり姉のお腹をさする。あたしも一緒に触らせてもらう。思いのほか固くてびっくりする。

「どう、調子は？」

お母さんがるり姉にたずね、るり姉は「元気元気」と力こぶをつくる真似をする。るり姉は現在、妊娠九ヶ月。来月の半ばには赤ちゃんが生まれる予定。

「歩きなさい、歩きなさい、って先生がうるさくてさ。毎日三十分も散歩してるんだよ」

どかっと椅子に座るるり姉。もうパンパンって感じ。すごすぎる。るり姉が来たとたんに、あたしたち姉妹は騒がしくなる。ぴーちくぱーちくスズメの子。

「さつきは大学どうなの？　遊びまくってんの？」

遊んでないよう、ちゃんと勉強してるよう、とさつき姉ちゃんが笑う。

「今度のフェスで今のやつ着るんだ。あれ二週間以上かかったんだ」

着替えてきたみやこ姉が、黒いまっすぐな髪をるり姉に触られながら、とつとつとしゃべる。さつき姉ちゃんもみやこ姉もうれしそうだ。それを見ている、お母さんもおばあちゃんもカイカイも。

「あたし、バイトはじめたの」

一人だけ出遅れて、なんだか損したような気分になったから、挽回するように一気に話した。店長の話や部活の話、バンドの話。

「るり姉って、ピアノ弾けるよね？　あとで教えて」

そう言うと、るり姉は「弾けない」とひと言、素っ気ない返事。

「ピアノが上手なのは、お姉ちゃんだよ。あんたたちのお母さん」

そう言われて、どっひゃー、とおおげさにびっくりしてしまった。

「お母さん、ピアノ弾けるの？」

聞いてみると、まあね、とおせんべいをぽりぽりかじりながら、いつの間にか「花とゆめ」を読んでいる。

お母さんがピアノを弾けるなんて、こりゃたまげた。小さい頃の記憶のなかで、優雅にピアノを弾いてたのが、いつもズボンのチャック全開のお母さんだったなんて。

「あとで弾いてみてよ」

と言うと、うんうん、とこれまたおせんべいと「花とゆめ」に夢中になりながら、どうでもいいように答える。

「ねえ、るり姉、バンドの名前なにがいいと思う？」

そう聞くと、

「なかなか噛めないぬれせんべい」

と言って、ぬれせんを歯で食いちぎっている。

「ねえ、バンド名だよ、バンド」

「だから『なかなか噛めないぬれせんべい』だって言ってんじゃん」

へ？　と目を丸くしてたら、さつき姉ちゃんが「それいいじゃん」だって。みやこ姉まで「いい、いい」なんて、うなずいている。

「だって、先輩たちのは『チョコレートチップミルクティ』とか『キャラメルボンボン』とかだよ」

決してそれがいいとは思ってないけど、とりあえずそんなふうに言うと、

「じゃあマジでいいじゃん。このぬれせんのしょっぱさと、なかなか噛み切れない手ごわさで勝負だよ。チョコレートなんとかとかキャラメルなんとかとか、甘すぎるっつーの。糖尿病になるよ」

うーん。なんとも答えようがない。でもまあ一応候補に入れておこう。

「午後からイチゴ狩りでも行く？」

急にそんなことを言い出したのは、カイカイだ。

「行きたい！」

って返事をしたのは、もちろんあたしたち三人とるり姉。おばあちゃんは車に酔うからやだわー、だって。お母さんは耳に入っていない様子。

「じゃあ行くか！　ひさしぶりだな」

結局、多数決でみんなで行くことに決まった。イエーイ。

出かける前にお母さんにちょっとだけピアノを弾いてもらった。ご無沙汰だあ、と言

いながら、まずは手はじめに『エリーゼのために』を流し弾き。「おおっ」と、思わず感嘆の声をあげるあたしたち。続いて『結婚行進曲』。あたしが知っている曲名はそれだけで、あとはなんとか協奏曲とか交響曲、ハ短調やらト短調やらとつぶやきながら、さらっとさわりだけ弾いていった。

「ちょ、ちょっと、お母さんってばすごくない？　ぜんぜん知らなかった、ピアノ弾けるだなんて」

まあね、と得意気。ちょっとくやしい。

「あたしもこれからやればできるかな」

「うん、できるんじゃない。練習あるのみだよ」

そう言われて、マジで燃えた。ぜったいうまくなってやる。おこづかい前借りしてキーボード買おうっと。あ、そうだ。高校の入学祝いにるり姉からもらった二万円が、まだまるまる残ってる。るり姉は図書カード一万円分と現金二万円をくれたのだ。さつき姉ちゃんとみやこ姉のときは三万円分ぜんぶ図書カードだったらしくて、うらやましがられた。

「んじゃ出発」

カイカイの車に全員で乗り込む。八人乗りのノアに七人。来月には八人になるんだなあ、と思うと不思議な気持ちだった。

男の子か女の子かは、まだわからないらしい。先生が言わない主義なんだそう。カイはぜったい男の子がいいって言ってるけど、るり姉はどっちでもいいんだって。あたしとしては男の子がいいなあ。だって、女ばっかだもん。

——あれから四年。

るり姉は、本当に本当に、超奇跡的に回復したのだ。あの夏の花火大会のときのことは、まるで夢のようにぼんやりと記憶している。るり姉は妖精みたいにはかなくて、今にも消えてしまいそうだった。

あたしたち三人は、るり姉がもしかしたら死んでしまうんじゃないかって、本気で思っていた部分もあった。終わりなんだなあと、漠然と感じていたことも確かだ。だけど、違った。

あれこそが幻だったんだよ、と今なら思う。るり姉はあのあと手術して、一時期見てられないくらいに痩せちゃったけど、毎日ちょびっとずつ快方に向かっていった。それはまるで、傷を癒す野生動物みたいだった。静かに力強く我慢強く、るり姉は、目には見えないエネルギーを身体中に溜めていった。

ぼやけていたるり姉の輪郭は、お見舞いに行くたびに少しずつくっきりとしてきて、いつしかそれは光を放つように輝きはじめた。あたしたちは、心配しすぎだったのだ。

おばあちゃんやカイカイは、日本全国から「いい」っていうものを取り寄せては、るり姉に持っていったし、あたしたちだって、神社やお墓参りにいっては、ぜったいに！　って、しつこいくらいにお祈りした。

そのうちのどれが効いたんだろうな、なんて考えたりするけど、もしかしたらどれも効かなかったのかもしれないし、ぜんぶがぜんぶ効いたのかもしれない。

でもあたしが今考えるのは、「想い」がいちばんだったんじゃないかなあってこと。カイカイの想い。おばあちゃんの想い。お母さんの想い。あたしたち三人の想い。それから、るり姉自身の想い。「想い」だなんて、うそっぽいかもしれないけど、それがいちばん正解に近いと思ってる。

だって、るり姉だもん。

あたしはなんだかおかしくなる。だって、るり姉だよ。奇跡が起こるに決まってる。るり姉にかかれば、魚は空を飛ぶし、モグラは日光浴をするのだ。カマキリは洋服を着て帽子をかぶって歩いてるし、象は屋根に寝そべってお腹を出している。

「練乳は持ったからね」

と、グーマークを出するり姉に、あたしたちが歓声を上げる。四年ぶりのイチゴ狩り。目の前でるり姉が笑ってる。お腹の赤ちゃんだってきっと笑ってる。カイカイもおばあちゃんもあたしたちもみんな笑ってる。今この瞬間が、こうして過ごす毎日が、もしかしたら奇跡なのかもしれないと思う。

あのときるり姉に買ってもらったイチゴのキーホルダーは、チェーンが切れて、すっかり色あせてしまった。今日新しいのを、またみんなおそろいで買いたいな。お腹の赤ちゃんの分も奮発して買ってあげよう。

あっ、バンド名、『練乳いちご』でもいいかもなあって、ふと思った。でも、『なかなか噛めないぬれせんべい』にインパクトでは負けてる、なんて、どうでもいいことを考える。

窓から見える春の水色の空に、やさしげな白い雲が浮かんでいる。いろんなことが、がんばれそうな、そんな午後だった。

解説

宮下奈都（作家）

なんだろう、この匂い。やわらかくて、花のようで、星のようで、懐かしくて、そのくせ新しくて、ときどきつんとくる。すごくいい匂い。

それから、リズム。いつまでも続いてほしくなるような、躍動する文章のリズム。心臓の音に呼応する、生体反応のようなリズムが文章から響いてくる。

さつき、けい子、みやこ、開人、みのり。五人の一人称による全五章に、主人公たちそれぞれの呼吸がそれぞれのリズムで刻まれるのがはっきりと感じられる。

匂いがあって、リズムがあって。それだけで小説は動き出すのかもしれない、と初めて本気で思った。彼女たちが寝て、起きて、食べて、笑って、泣いて、出かけて、話して。そういう毎日の営みが、匂いとリズムを伴うみずみずしい小説に仕立てられていく。

読むそばから言葉がいきいきと躍り出す。

物語は、愛を込めて「るり姉」と呼ばれる女性をめぐって展開する。各章では章ごとの主人公たちがそれぞれ自分の話をするのだけど、キーパーソンはいつもるり姉である。キーパーソンというより、ジョーカーというか、アンカーというのか、なにしろるり姉が登場するだけでぱぁっと場面が輝き、物語がくるくる動き出すのだ。こんなに魅力的な登場人物には、滅多に出会えるものじゃない。

みんなでイチゴ狩りに行けばこっそりコンデンスミルクをかけてひとりで百個以上も食べ、姪の歌う「キャンプだホイ」をこよなく愛し、そうかと思えば、食いしん坊の飼い犬・アニーのことを悲しげだと評する。快活で、頭の回転が速くて、愛情深くて、まっすぐな性格。人懐《なつ》っこい犬のようでもあり、気まぐれな猫のようなところもある。パートナーの開人・カイカイは、実はふたりめの結婚相手だというところもいかしてる。

るり姉の存在だけでこの小説は既にすごくおもしろいのだけれど、るり姉が主人公ではないところがまたいい。るり姉という光源をまぶしく見つめながら、その光に照射された自分の足下を見る。ときには光に背を向けて、自分の影を見る。

驚かされるのは、るり姉のような光源体をすぐそばに置いているのに、みんながそれぞれの光を放っていることだ。ほんのささいなひとことに、彼女たちの素《す》のやさしさがにじみ出ていて、ぐっとくる。たとえば、バレーボールをやっている小学生の妹・みのりへの、さつきのまなざし。

みのりの背が、るり姉よりも高くなりますように、とようやく暗くなってきた空を見上げてなんとなく思った。

脈絡はない。さつきとみのり、ふたりでアニーを連れて歩いて家へ帰る場面だ。なんとなく、というのがいい。きっとさつきはほんとうに、なんとなく、思っただけだ。バレーボールの好きな妹のためになんとなく願う、姉のやさしさ。さつきはそれを特別なことだとは思っていないだろうし、口にはしていないからみのりも知らない。ささやかな、夕暮れどきの姉妹の情景でしかない。しかし、ふとこぼれ出た形で、さつきの心根が非常に巧みに描かれている。

るり姉が深刻な病気に侵されていることがわかった病室の場面では、

「瘦せちゃったみたい」

みのりがお母さんの服をつかんで言った。お母さんは「そうだね」と答えた。あたしは意味がよくわからなかった。そのとき、みやこが突然「帰る」と、怒ったように言って部屋を出て行った。

三姉妹それぞれの性質をよく表した、見事な描写だと思う。怒って帰ってしまう次女。戸惑うばかりの幼い三女。そして、「意味がよくわからなかった」語り手である長女。「意味がよくわからな」い、という精神状態が、どんと伝わってくる。しかし、怒っても、戸惑っても、意味がわからなくても、現実は容赦がない。その容赦のなさを、容赦がないとは言わずに表すから、こちらの胸にそのまま飛び込んでくるのだろう。

登場人物たちはみんな個性的で、なおかつ普遍的だ。だからぐいぐい引き込まれる。お母さんであり、るり姉のお姉さんでもある、けい子もいい。看護師をして女手ひとつで娘たちを育てている。常に疲れていて、ズボンのチャックは開けっ放しになっていて、ファミレスで「花とゆめ」を読みふけりながらビーフシチューを食べたりしてしまうお母さんだ。そのけい子の、独白。

るり子はまったく自由だ。うらやましくなる反面、気の毒にも思う。自由なるり子は、いつだって窮屈そうだから。

そうだよ、そうだ。自由ってことは、この世の中で生きるには窮屈だってことなんだ。けい子がそれをわかっていて、でも普段はそんなことはおくびにも出さずに娘たちを育てていて、ごくたまにぽろっと独白する、そのあり方が好きだ。

この人たちは愛に満ちている。るり姉に対する愛情、るり姉からの太陽みたいな愛情。家族や身のまわりの人たちへの愛情。そして、今私たちが生きている、この世界に対しての愛情。この人たちは惜しみない愛情の中に存在している。生きていく希望に輝いている。

みやこと、長く会っていないお父さんとのシーンも特筆すべきだろう。みやこの腐った赤キャベツ色の髪の謎が不意に明かされるくだりだ。

ファミレスではたから見た人は、あたしたちのこと、すぐに親子だって思っただろうな。だって髪型おんなじだもん。そう思うと、なんかおかしくて、そしてちょっとうれしかった。

やっぱりさりげなくて、すばらしい。ヤンキーの外見をまとっても、みやこはみやこで、とてもすてきだ。

ただし、これはみやこによって語られる、みやこだけが経験した場面だ。るり姉も知らない一幕なのだ、と思ったら、物語にすぅっと分け入る奥行きが生まれた気がした。

『るり姉』というタイトルの物語において、当のるり姉のまわりで起こる、るり姉の与《あずか》り知らぬこと。もちろん、そんなことは無数にあって当然なのに、その当然さをしみじみと噛みしめることになった。みやこがそっと成長したように感じられたから。るり姉も知らない小さな秘密を抱えて、きっとみやこだけじゃなく、さつきもみのりも、そっと大きくなっていくんだろう。そのやさしいリアルさにうっとりする。

彼女たちならだいじょうぶ。いつのまにかそう信じている。心から応援したくなっている。リアルだからだ。おかしくて、やさしくて、ときどきぐっときて、愛に満ちている。この世界で生きていきたい、と思わせる力が小説から迸《ほとばし》るのを、はっきりと感じた。

本作品は二〇〇九年四月、小社より単行本刊行されました。

双葉文庫

や-22-02

るり姉《ねえ》

2012年10月14日　第1刷発行
2012年11月14日　第5刷発行

【著者】
椰月美智子《やづきみちこ》

【発行者】
赤坂了生

【発行所】
株式会社双葉社
〒162-8540 東京都新宿区東五軒町3番28号
［電話］03-5261-4818(営業)　03-5261-4831(編集)
www.futabasha.co.jp
（双葉社の書籍・コミックが買えます）

【印刷所】
大日本印刷株式会社

【製本所】
株式会社若林製本工場

【CTP】
株式会社ビーワークス

【表紙・扉絵】南伸坊
【フォーマット・デザイン】日下潤一
【フォーマットデジタル印字】恒和プロセス

落丁・乱丁の場合は送料双葉社負担でお取り替えいたします。
「製作部」宛にお送りください。
ただし、古書店で購入したものについてはお取り替えできません。
［電話］03-5261-4822(製作部)

ISBN978-4-575-51527-5 C0193
Printed in Japan

JASRAC 出1210119-201

青春小説アンソロジー

Teen Age

[ティーンエイジ]

角田光代
瀬尾まいこ
藤野千夜
椰月美智子
野中ともそ
島本理生
川上弘美

Teen Age

川上弘美　島本理生　野中ともそ　椰月美智子　藤野千夜　瀬尾まいこ　角田光代

初めて知った恋。ふと感じた胸の痛み。

人気作家7名が描く、ティーンエイジャーの揺れる心。

「自分と重なって泣けてきた。
こんなに共感できた本は初めてだった」

十代をはじめ各世代の読者から
感動の声が寄せられた作品集、ロングセラー！

絶賛発売中！

双葉文庫
定価580円（税込）

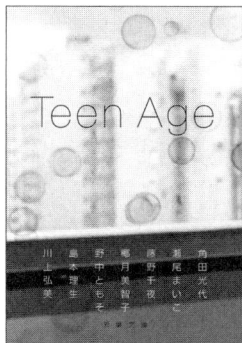